o sexo depois do
VIAGRA

Silvia Campolim
com Arnaldo Antunes, Antônio Prata, Reinaldo Moraes, Sidney Glina, Mario Prata, Matthew Shirts, Ruy Castro, Anna Veronica Mautner e Grelo Falante e os cartunistas Adão Iturrusgarai, Alcy, Allan Sieber, Angeli, Arnaldo Branco, Benett, Custódio, Fernando Gonsales, Flávio, Glauco, Guto Lacaz, Jean, JotaA, Junião, Leonardo, Mariza Dias Costa, Orlando Pedroso, Rafael Sica, Roberto Negreiros, Spacca, Tiago Recchia

Este livro trata de sexo e de Viagra, o primeiro medicamento a resolver esse problema tão delicado que é a disfunção erétil. Todos os meus amigos tomam Viagra. De vez em quando, claro! Alguns cronistas que estão neste livro também tomam. Como experiência, parece. Confiram as crônicas.

O Viagra é sinônimo de tratamento para disfunção erétil desde 1999, quando entrou para o rol de verbetes do Dicionário Oxford, um dos mais prestigiados da língua inglesa. É a medicação mais estudada hoje, no mundo. Foi objeto de 130 ensaios científicos, que envolveram mais de 11 mil pessoas.

Além disso, todos os meus amigos que tomam Viagra vinham me dizendo que ele representava uma revolução.

- Silvinha, o Viagra resolveu nosso problema, é a nossa pílula, me disse o Ricardo Carvalho, jornalista e produtor, especializado em meio ambiente, quando lhe perguntei o que achava do Viagra. O meio-ambiente do Viagra, como se sabe, envolve ereção, impotência, pesquisas e, ao fim e ao cabo, sexo. Graças a ele, tudo indica, as pessoas estariam fazendo mais amor.

Este livro nasceu dessa constatação. E da disposição da Ediouro de apoiar o projeto desde o início, por meio de seu selo Prestígio.

A Organização Mundial de Saúde considera o sexo saudável, prazeroso, como um dos critérios para avaliar a qualidade de vida. Sexo é saúde. Tratamos disso neste livro, entre outras coisas. O objetivo principal de O Sexo depois do Viagra foi, obviamente, falar de sexo, de uma forma que fosse divertida e instrutiva.

Queria agradecer aos artistas que tornaram este livro possível. Os escritores das crônicas e contos e poema que vocês vão ler. Os cartunistas e ilustradores. Fernanda Botter, diretora de arte do projeto e seu assistente, Lucas Shirts. Carla Caruso, pela revisão e pesquisa. Orlando Pedroso, autor da capa e responsável pela presença dos cartunistas nas páginas que se seguem.

Um grande obrigada a todos.

Silvia Campolim

SUMÁRIO

CAPÍTULO.01 - A EREÇÃO ⟶ **13**

Isso nunca me aconteceu antes [Antônio Prata]
Saindo do armário; A ereção em si; Quatro por noite; Hidráulica magnífica;
A ereção pneumática; A dissecação pública do pênis; Tamanho relativo;
A síndrome do vestiário; Luxo desnecessário?; Teorias inconclusivas

CAPÍTULO.02 - A IMPOTÊNCIA ⟶ **37**

Breve digressão em torno do pênis ereto [Reinaldo Moraes]
A autonomia do pênis; Sob o controle da Igreja; Comandado pela ciência;
Os números da disfunção erétil; Das causas fisiológicas;
Dos fatores de risco; Vigor e ansiedade;
O único [Sidney Glina]

CAPÍTULO.03 - O PÊNIS SOB ESCRUTÍNIO ⟶ **59**

A primeira vez a gente nunca esquece [Mario Prata]
Um órgão honesto; Outros tempos; Cobaia de si mesmo; O acaso do dr. Virag;
A oclusão venosa; O acaso do dr. Osterloh; Guerra de enzimas; Amplo espectro;
Viagra e sorvete de casquinha [Matthew Shirts]

CAPÍTULO.04 - O SEXO DEPOIS DO VIAGRA I ⟶ **85**

Ereções Diretas [Ruy Castro]
Grande Euforia; Orgasmo a qualquer custo; Terapia clitoriana;
Ansiedade de performance; A importância de uma ereção rígida;
Uma visão moralista do sexo; Tempos difíceis
Ereção garantida [Anna Veronica Mautner]

CAPÍTULO.05 - O SEXO DEPOIS DO VIAGRA II ⟶ **109**

Prazeres em alta [Grelo Falante]
A ereção no horário nobre; A sexualidade investigada; Os achados do Prosex;
As mulheres e o Viagra; O sexo na meia idade

CAPÍTULO.06 - DISCUTINDO A RELAÇÃO ⟶ **127**

A insatisfação feminina; A incerteza da ereção;
O casal no divã; A função sexual;
Viagra, Sexo e Rock and Roll [Silvia Campolim]

REFERÊNCIAS BIBLIOGRÁFICAS ⟶ **141**

TATO

o olho enxerga o que deseja e o que não
ouvido ouve o que deseja e o que não
o pinto duro pulsa forte como um coração
trepar é o melhor remédio pra tesão
um terço é muita penitência pra masturbação
a grávida não tem saudades da menstruação
se não consegue fazer sexo vê televisão
manteiga não se usa apenas pra passar no pão
boceta não é cu mas ambos são palavrão
gozo não significa ejaculação
o tato mais experiente é a palma da mão

o olho enxerga o que deseja e o que não
ouvido ouve o que deseja e o que não
depois de ejacular espera por outra ereção
o ânus precisa de mais lubrificação
por mais que se reprima nunca seca a secreção
o corpo não é templo, casa nem prisão
uns comem outros fodem uns cometem outros dão
por graça por esporte ou tara por amor ou não
velocidade se controla com respiração
o pau se aprofunda mais conforma a posição
o tato mais experiente é a palma da mão

arnaldo antunes
cantor, compositor, poeta e videasta
"Tato" é letra de música gravada no
disco-livro-vídeo "Nome" - 1993 - Sony BMG/RCA

CAPITULO.0.0

a ereção ···➤

ISSO NUNCA ME ACONTECEU ANTES

crônica / ANTÔNIO PRATA

Ziraldo está angustiado. Deitado no divã, com as mãos cruzadas sobre o peito, não fala nada há mais de um minuto. Atrás dele, na poltrona, o psicanalista argentino espera. Ziraldo não vê, mas o doutor entretém-se chacoalhando uma caneta Bic diante dos olhos, que parece de borracha, por algum fenômeno óptico que Freud não explica.

Ziraldo - Bom, é que...

Psicanalista Argentino - ....

Ziraldo - É um pouco difícil de falar aqui. Sei lá, é que, na cama, sabe?

Psicanalista Argentino - En la cama? O que hay en la cama?

Ziraldo - Na hora agá... É que, chega na hora e... Eu não consigo.

Psic. Arg. - No consegues ter una erección?

Ziraldo - Não! Não consigo é broxar!

Psic. Arg. - No consegues é brotchar?

Ziraldo - É, não consigo. Desde que eu falei numa entrevista, há décadas, que nunca tinha broxado, ficou como um estigma, uma coisa que me persegue. E quando encontro meus amigos, agora, é sempre a mesma pergunta: "E aí, já broxou?"

P. A. - ...

Ziraldo - Então, quando eu vou pra cama eu já levo essa cobrança, sabe? Tudo começa antes, na verdade... Quando eu estou no bar, ou na festa com a moça, eu já vou incucando com isso, que eu tenho que broxar, que eu tenho que broxar, aí não dá... Eu fico nervoso e na hora... Eu consigo!

P. A. - Y qual es lo problema en conseguirlo?

Ziraldo - É, pois é! Qual é o problema?! Acontece com todo mundo, não é? Pelo menos de vez em quando...

P. A. - ....

Ziraldo - No começo, nos anos sessenta, não tinha galho. Mas depois veio o feminismo e aquela coisa toda e esse meu prob... Esse meu negócio de não broxar começou a pegar mal. As mulheres começaram a me chamar de machão, insensível. Sabe?

P. A. - Machon... Insensible...

Ziraldo - Pois é. Hoje em dia parece que elas cobram que a gente dê uma broxadinha. Ou pelo menos meia, sabe? Sei lá, como em restaurante japonês que a gente tem que dar uma abaixadinha antes de entrar, em sinal de respeito, entende? Já perdi mulheres por causa disso. "Você não sente nada por mim!" "Se me amasse não tava assim, tão tranquilo!" "Só pensa em si mesmo." Cada coisa que eu já ouvi.

P. A - Japonês...

Ziraldo - Hein?

Silêncio.
Ziraldo - Bom, o pior é depois, ter que falar alguma coisa pra quebrar aquele climão. Outro dia me dei mal. Eu disse "Pô, meu bem! Também, com um corpinho lindo igual ao seu, não dá pra não conseguir, né?!" Aí é que ela ficou puta, falou assim: "Então agora você vem pôr a culpa em mim?! Além de machão é covarde!" E se mandou, doutor!

P. A - Y usted, lo que piensas de esto?

Ziraldo - Eu não sei direito. A minha opinião já mudou muito. Quando eu era moço era ótimo. Mas com o tempo passou a me incomodar. O pior é aquela sensação de que tá todo mundo ali na cama, sabe? Os amigos, o pessoal do trabalho, todo mundo me olhando, só... Só esperando eu conseguir pra rir da minha cara, como se eu fosse, sei lá...

P. A. - Como si fueras...?

Ziraldo - Um, um... Um impotente! Sem poder... sem força de vontade, um fraco, é assim que eu me sinto, um fraco!

P. A. - Calma, calma.

Ziraldo - Olha, doutor, eu não estou calmo. A impressão que dá é que eu nunca vou conseguir. Nunca vou broxar como todo mundo! Mesmo porque, doutor, o pessoal da minha geração toda já broxa regularmente. E no bar, e nos churrascos, ficam falando de Viagra, de como disfarçar a broxada e tentar o segundo tempo, essas coisas. E eu me sinto excluído, sabe? Eu vou conversar com as mulheres na cozinha, sobre molho de saladas, sobre a menopausa...

P. A. - Entón usted siente que no, digamos, no brotchar te fere la própria masculinidad? Usted se siente excluído de lo univierso masculino por no falhar una vez o otra?

Ziraldo - É, talvez. Sei lá, doutor. Eu sei é que eu vou pra cozinha, o resto é você quem está dizendo.

P. A. - Hombre, o que há de tan horríble en falhar? Por

que usted siente este medo tan grande de no conseguir?

Ziraldo - Não sinto, doutor. É exatamente aí que está o problema. Eu sei que se não conseguir, tudo bem. Aí eu consigo!

P. A. - Bien, yo soy psicólogo, pero támbiem no creo que tudo sea una questón mental. Su problema, o mejor, su dificuldad, puede venir de alguna disfuncion fisiológica. Voy a te recomendar algunos exames.

Ziraldo - Então pode ter um remédio que resolva, que me faça falhar de vez em quando, como todo mundo, doutor?

P. A. - No estoy diziendo que si, por ahora. Pero quiças. Façamos los testes, nos vemos semana que vien. Si?

Ziraldo se levanta, aperta a mão do Psicólogo Argentino e sai da sala. Desce uma escada e está na rua. Caminha otimista pela calçada, seguro de que a medicina irá ajudá-lo. Já pode até imaginar a cena: haverá velas, vinho, Chet Baker tocando ao fundo. Tem que ser com uma mulher especial, sim, uma gata que vai achá-lo sensível, romântico, um homem completo. E na hora em que estiver clara a situação, quando for conflagrada a incontornável broxada, vai virar para ela e dizer, do fundo do coração:

"Querida, isso nunca me aconteceu antes!"

*N.E.: Esta crônica foi inspirada na afirmação do cartunista Ziraldo, de que nunca broxou, feita em entrevista à revista Playboy, publicada em abril de 1980. De lá pra cá não sabemos o que pode ter acontecido, mas o "estigma" continua. O diálogo acima, obviamente, jamais aconteceu e as palavras do angustiado cartunista e de seu prestativo psicanalista existem apenas na ficção. -- Antônio Prata. Jovem escritor. Autor de inúmeras crônicas. Alguns livros: Douglas e Outras Histórias (2001), As pernas da tia Corália (2003) e O Inferno atrás da pia (2004).

SAINDO DO ARMÁRIO

Ao resolver a maioria dos casos de disfunção erétil tratáveis o Viagra tirou a impotência do armário e apresentou a ereção ao horário nobre da televisão. Antes da descoberta do sildenafil, a primeira substância com potencial de restaurar a função sexual do homem, a dificuldade recorrente de obter ereções era um problema de solução complicada, associado a causas psicológicas mais do que orgânicas.

A impotência estava na cabeça, acreditava a maioria das autoridades médicas. O que não deixa de ser verdade, até certo ponto.

O processo da ereção começa de fato no cérebro, a sede das sensações de desejo e prazer, ao contrário do que pensava Leonardo da Vinci, o mestre do Renascimento. Da Vinci foi o primeiro estudioso a descrever corretamente a ereção, ao dissecar cadáveres de homens enforcados e constatar que o pênis enrijecia ao se encher de sangue. Mas errou em suas conclusões de que o membro masculino tinha mente própria, por se manifestar de forma independente em ereções e poluções noturnas. O cérebro está visceralmente implicado no processo, melhor dizendo, nervosamente envolvido e sem a sua iniciativa não há função, de fato. Dois feixes de fibras nervosas conectam o membro viril à medula, na base da coluna vertebral -- a região do sacro - e a partir dela, ao cérebro.

Um dos feixes transporta os sinais elétricos de excitação e o outro comanda o trânsito dos sinais inibidores da ereção. Tal comunicação atinge o hipotálamo, região cerebral mais central ou profunda, ligada às emoções e à memória e articulada com o chamado córtex, área do cérebro pensante, localizado no lobo frontal, onde são feitas as ponderações e as decisões, tomadas. Circuitos neuronais liberam o fluxo do sangue através das artérias até o pênis, onde ele preenche os chamados corpos cavernosos, dois cilindros de tecido esponjoso altamente permeáveis. O sistema nervoso autônomo cuida de produzir substâncias que relaxam a musculatura lisa que reveste os corpos, e o sangue, sob pressão, fica dentro deles retido enrijecendo o falo.

Ao remover subitamente esses controles cerebrais, o enforcamento pode produzir ereções espontâneas, como observou Leonardo da Vinci. Quando o portador do pênis dorme esse processo funciona por reflexo, se o resto do corpo está em ordem, ou seja, a saúde vai bem, daí as ereções noturnas. Problemas hormonais, colesterol alto, diabetes, doenças cardiovasculares ou o consumo excessivo de álcool e cigarro na meia idade podem danificar os delicados vasos e as paredes das artérias que participam dessa complexa dinâmica, hoje se sabe. É muito recente o conhecimento da fisiologia da ereção, por incrível que pareça. Não tem mais de vinte anos que a medicina pode dizer exatamente como o pênis funciona. O mecanismo que permite ao órgão masculino expandir e retrair em presença de um desejo real ou fantasia erótica é um prodígio de engenharia hidráulica. E exclusivo dos homens e seus parentes próximos, os primatas. Todas as demais espécies animais que portam pênis nascem com próteses naturais, feitas de osso, tecido fibroso ou cartilagem.

A EREÇÃO EM SI

O ator e comediante norte-americano Robin Williams teria dito a frase em um de seus shows: "Deus nos deu um pênis e um cérebro, mas sangue suficiente para fazer funcionar apenas um de cada vez". O mecanismo que permite ao pênis sair da flacidez e enrijecer depende, de fato, do sangue e é baseado na engenharia hidráulica, como já foi dito, portanto movimenta sangue sob pressão. A pressão que faz com que o sangue preencha os corpos cavernosos do pênis e o eleve ao estado de ereção é a mesma registrada nas principais artérias do corpo humano quando o sangue é bombeado do coração e os grandes vasos se expandem para permitir que ele passe facilmente, ou seja, uma pressão máxima ou sistólica de 120 milímetros de mercúrio por segundo.

Mas a ereção é resultado de uma dinâmica mais complexa. O sistema nervoso central e o sistema nervoso autônomo estão implicados no processo. O primeiro reconhece os sinais de excitação, que podem ser sensoriais (cheiros, visão, toque) ou intelectuais (pensamentos), e o segundo trabalha produzindo neurotransmissores pró-eréteis como o óxido nítrico (NO) e a acetilcolina, duas substâncias que relaxam as células da musculatura lisa que reveste os corpos cavernosos do pênis, retendo o fluxo sangüíneo dentro de suas câmaras, tecnicamente denominadas sinusóides. Com a chegada do fluxo sob pressão alta essas diminutas câmaras se expandem comprimindo as veias que normalmente drenariam o sangue para fora do pênis. A compressão faz com que tais veias fiquem praticamente fechadas, encurralando o sangue dentro das câmaras. Assim ocorre a ereção.

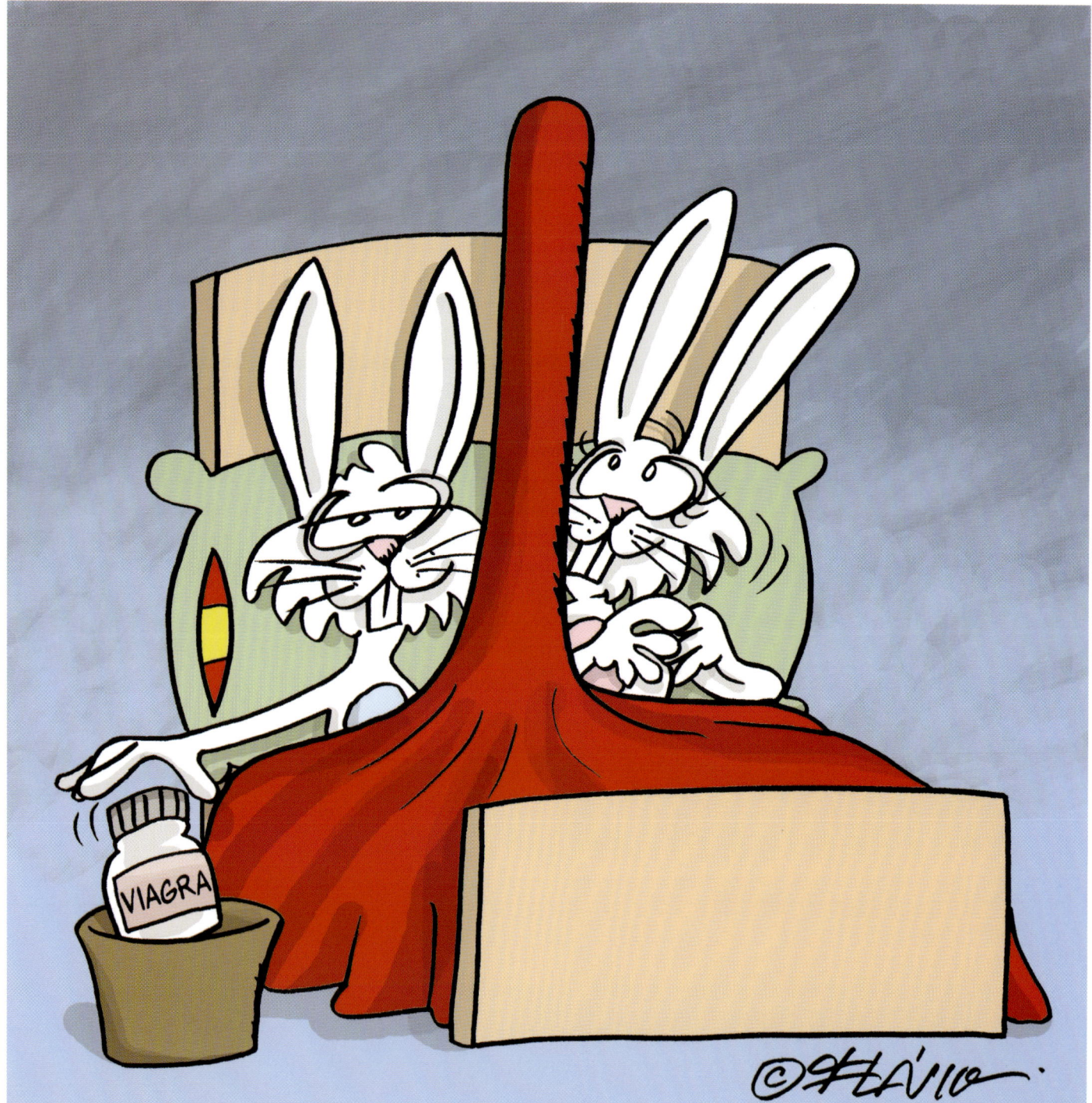

QUATRO POR NOITE

Um homem saudável vivencia em média uma hora de ereções durante a fase do sono denominado REM, do inglês *Rapid Eye Moviment*, etapa em que os sonhos ocorrem. São quatro a cinco ereções por noite, ao longo da fase REM, cada uma com duração de 15 minutos, em média. A freqüência dessas ereções do sono REM costumam diminuir com a idade.

As artérias que participam do processo, drenando e retendo o sangue dentro do pênis são finíssimas, têm mínimos 0,4 milímetros de diâmetro, portanto, muito vulneráveis a danos. A alta incidência de doenças cardiovasculares que acompanham o processo de envelhecimento masculino na sociedade atual, agravadas por diabetes ou pelos efeitos nocivos do fumo estreitam ainda mais os vasos, contendo parcialmente o fluxo de sangue para o pênis, constituindo assim as causas orgânicas mais comuns da disfunção erétil. As doenças, o uso de medicamentos, o processo de envelhecimento e a ansiedade, que aumenta o nível de hormônios contra o estresse no sangue, também dificultam a dilatação plena das células da musculatura lisa que reveste os corpos cavernosos. Sem relaxar completamente esta musculatura falha em comprimir as veias que drenam o sangue para dentro e para fora do pênis e ele vaza parcialmente ao invés de ficar retido, comprometendo a ereção.

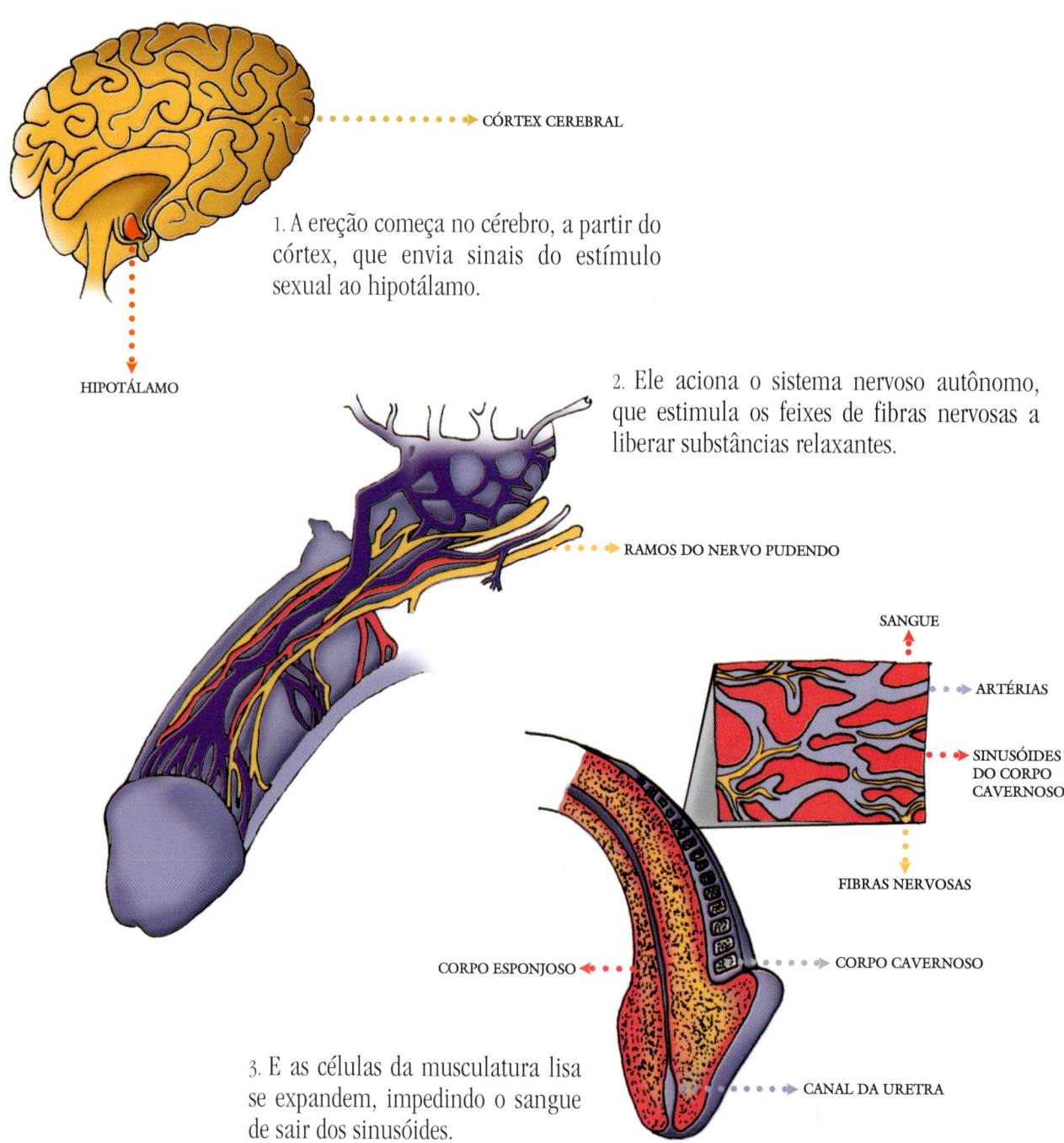

HIDRÁULICA MAGNÍFICA

O pênis é composto de três cilindros especialmente vascularizados, feitos de tecido esponjoso e erétil. Dois deles são denominados corpos cavernosos porque contém os sinusóides - os espaços preenchidos pelo sangue no processo de ereção. O terceiro cilindro, que dá passagem ao canal da uretra, por onde escoa a urina e o sêmen é ejaculado, é denominado apenas de corpo esponjoso. Os cilindros são enervados por fibras conectadas ao sistema nervoso autônomo (simpático e parassimpático) e revestidos por musculatura lisa. O suprimento de sangue para o pênis é regulado pelas células desse revestimento.

Quando elas estão contraídas, por estímulo dos nervos simpáticos, o sangue entra e sai livremente do pênis, irrigando seus tecidos com nutrientes e oxigênio. Para ocorrer uma ereção é preciso a interferência do sistema nervoso parassimpático, que estimula as fibras nervosas a liberar acelticolina e óxido nítrico. As duas substâncias relaxam as células da musculatura lisa, que dilatadas comprimem as veias que drenam o sangue dos corpos cavernosos e ele fica retido nos sinusóides. Hormônios produzidos nas glândulas adrenais, como a noradrenalina, e pelos testículos, como a testosterona, regulam a liberação das substâncias dilatadoras nas fibras nervosas, durante o processo de relaxamento da musculatura lisa.

A ERECÇÃO PNEUMÁTICA

Os primeiros estudiosos do funcionamento da ereção faziam idéia completamente diferente dessa mecânica. Ela era obra da inflação do vento, um espírito do "alento", ensinavam os pais da anatomia na Grécia antiga. Dependia da respiração, do fôlego e do vigor que partia do fígado, viajava até o coração para depois retornar por meio das artérias e preencher de ar o cilindro oco do pênis. Para os gregos a ereção assim descrita e entendida configurava um processo pneumático.

A interpretação atravessou a Idade Média, baseada, entre outras teorias, nos tratados do médico e filósofo Claudio Galeno, que viveu entre os anos de 130 e 200 D.C. e trabalhou na escola de gladiadores romanos, além de ser médico pessoal do imperador Marco Aurélio. Galeno atendeu muito gladiador ferido por essa época, mas não investigou cadáveres. Para escrever os cerca de 500 estudos sobre anatomia, que se mantiveram até o século 16 como referência para a medicina, ele se baseou nas teses metafísicas da antiguidade grega clássica e na dissecação de animais. O corpo era regulado pelo calor interno, bem como toda a biologia, ensinava o médico grego. O homem tinha mais calor interno que a mulher, daí seu pênis projetado externamente. Com menos calor interior a mulher desenvolvera o mesmo órgão introvertido. Era essa a sua visão da vagina, que seria referendada por Andréas Vesalius, o pai da anatomia moderna, quatorze séculos depois, como se sabe.

A DISSECAÇÃO PÚBLICA DO PÊNIS

O belga Andréas Vesalius, autor do famoso *De humani corporis fabrica*, de 1543 - o primeiro livro ilustrado sobre o corpo humano, que inaugura a moderna anatomia - fez a primeira dissecação pública do pênis de que se tem notícia, como professor convidado da escola de medicina de Bolonha, na Itália. Ele ensinava em Pádua, na época, ano de 1540, e já sabia como Galeno tinha se equivocado sobre o corpo humano.

Vesalius tinha nascido para o ofício. Desde menino dissecava gatos e cachorros e ratos, entre outros animais, como preparação para os estudos universitários. Como da Vinci, gostava de ver por dentro o corpo humano e durante a formação, na Universidade de Paris, pesquisou por conta própria alguns cadáveres. As dissecações na escola eram raras nessa época e mal feitas. Ao chegar a Bolonha, três cadáveres de criminosos o esperavam e ainda houve tempo de providenciarem um quarto corpo, de um enforcado recente.

O professor deu a demonstração cercado por duzentos estudantes, conforme registrou um dos alunos, o alemão Baldasar Heseler, oriundo de Liebnitz, na Silesia, filho de uma família de funcionários públicos e comerciantes. A aula durou alguns dias e várias demonstrações. A do pênis foi classificada como demonstração XVII. Segundo Heseler, Vesalius dissecou o pênis demonstrando estar ele conectado ao púbis e ao osso sacro."Mostrou-nos o ducto urinário, abrindo-o e.... o ducto da semente....e nos mostrou o tubo esponjoso no interior do pênis, que começa perto do ânus'.

Com as dissecações do corpo humano e seus membros, o anatomista belga inaugurou a fase da colonização do pênis, observa o escritor americano David Friedman, em seu livro UMA MENTE PRÓPRIA - A HISTÓRIA CULTURAL DO PÊNIS[1]. Depois de Vesalius, os cientistas apossaram-se do membro masculino, realmente, batizando com seus nomes próprios porções como a fáscia, de Buck, a glândula, de Cowper, o retículo, de Ebener, o golfo, de Lecar. Mas o mérito da primeira descrição sobre o papel do sangue no processo de ereção coube ao médico francês, Ambroise Paré, considerado por alguns o pai da cirurgia moderna. Seu estudo foi reconhecido pela literatura médica oficial, em 1585, quase 100 anos depois das descobertas de da Vinci, e 42 anos depois da demonstração XVII, de Vesalius.

TAMANHO RELATIVO

O famoso doutor Alfred Kinsey[2], o norte-americano que inaugurou as pesquisas sobre sexualidade humana no mundo, nos idos da década de 50, dizia que os homens não tinham muita noção sobre tamanho de pênis. Nem as mulheres. Ele pediu que cada um dos gêneros estimasse o tamanho médio do pênis adulto. A maioria dos seus entrevistados homens superestimou a medida: de 16 a 24 cm. As mulheres subestimaram: menos de 12 cm. Até 1949, não existia estudo científico sobre o assunto.

O ginecologista Robert Latou Dickinson[3], também norte-americano, foi pioneiro na avaliação do quesito tamanho do pênis. Ele avaliou 1500 homens, quando escrevia seu *Atlas of Human Sex Anatomy*, e concluiu que o pênis ereto humano tinha a média de 10 cm de circunferência e 16 cm de comprimento. No estado flácido a média encontrada pelo ginecologista foi de 10 cm de comprimento por 8,5 cm de circunferência.

A questão preocupa a humanidade masculina desde sempre. Nas culturas primitivas, onde era especial a veneração por ele, como símbolo de força, poder e capacidade reprodutiva, vários povos utilizaram a tração com pesos (pedras e cerâmicas) para aumentar o tamanho do pênis. Margaret Mead[4] conta em seu livro sobre os samoas (*Coming of Age in Samoa*), um povo da Polinésia estudado por ela ao longo de muitos anos, que os homens distendiam seus pênis colocando-os dentro de um tubo feito de fibra vegetal trançada e pendurando na ponta um objeto pesado.

O método do peso distende os ligamentos que mantém suspenso o membro e pode aumentar ligeiramente o seu comprimento. Mas que ninguém se iluda com promessas de duplicação das medidas. "O máximo que se consegue, sem risco de prejuízo na função e sem afetar a estética, que é o objetivo final da maioria desses pacientes, são dois centímetros", diz o médico Bayard F. Santos[5], no livro A MEDIDA DO HOMEM, MITOS & VERDADES. Essa é a média de resultados obtidos com as técnicas de estimulação, quaisquer que sejam elas.

Não há milagres.

A SÍNDROME DO VESTIÁRIO

O pênis varia de tamanho em um mesmo indivíduo, dependendo da temperatura ambiente, pois seu invólucro é termossensível. O frio, o exercício e a ansiedade levam o membro a contrair. A liberação de adrenalina, um hormônio produzido em situações de estresse, que é vasoconstritor, também influi no estado flácido. Além disso, o pênis pequeno pode ficar maior ereto do que o pênis grande quando flácido. A medição visual dos dotes masculinos nos vestiários de clubes e escolas é, assim, sujeito a erro. Daí o critério usado para definir a medida do homem: deve estar esticado ou em ereção. As estatísticas atuais dão conta de que 75% dos homens têm o pênis, quando ereto, com comprimento variando entre 12,5 cm e 17,5 cm, e circunferência de 11 a 14 cm. E 78% dos indivíduos adultos tem o comprimento do pênis variando de 7 cm a 10 cm quando flácido. O pênis com menos de 6 cm quando rígido ou estendido, considerado pela medicina como micropênis, é uma deformidade congênita rara, em geral identificada na infância. No hospital da criança de Londres foram identificados apenas 50 casos em 30 anos, informa Bayard F. Santos em seu livro. Confira as estatísticas:

TAMANHO DO PÊNIS EM EREÇÃO E SUA CLASSIFICAÇÃO

- Micropênis: menos de 6 cm de comprimento e 7 cm de circunferência
- Pênis muito pequeno: menos de 10 cm de comprimento e 9 cm de circunferência
- Pênis pequeno: 10 a 12 cm de comprimento e 9 a 10 cm de circunferência
- Pênis médio: 12 a 18 cm de comprimento e 10 a 14 cm de circunferência
- Pênis grande: mais de 18 cm de comprimento e 14 cm de circunferência

TAMANHO DO PÊNIS EM EREÇÃO E SUA DISTRIBUIÇÃO NA POPULAÇÃO MASCULINA

12,5 a 15 cm: 75% dos homens
18 cm: 15% dos homens
20 cm: 3% dos homens
23 cm: um em cada 500 homens
25 cm: um em cada 10 mil homens
30 cm: um em cada 500 mil homens

Fonte: A Medida do homem, dr. Bayard Fischer Santos [Imprensa Livre]

LUXO DESNECESSÁRIO?

Do ponto de vista funcional o tamanho do pênis humano é considerado excessivo em comparação com o membro de outros mamíferos. "O comprimento do pênis ereto é de apenas 3,17 cm nos gorilas e de 3,81 cm nos orangotangos, mas de 12,17 cm nos humanos, embora os machos dos dois tipos de macacos citados sejam fisicamente maiores do que os homens. Esses centímetros a mais do pênis humano são um luxo funcionalmente desnecessário?" pergunta Jared Diamond[6], professor de fisiologia da Universidade de Califórnia, em seu livro POR QUE O SEXO É DIVERTIDO?

Uma interpretação alternativa, segundo ele, afirma que um pênis grande pode ser útil para a ampla variedade de nossas posições copulatórias, comparando-se com os demais mamíferos. "Mas o pênis de 3,81 cm do orangotango macho permite que ele execute uma variedade de posições que rivaliza com a nossa e ainda nos supera, porque faz tudo isso dependurado em uma árvore", argumenta Diamond.

Quanto a possível utilidade de um pênis grande para manter uma relação prolongada, o mesmo estudioso nos lembra que os orangotangos são superiores a nós nisso também, com suas relações que têm duração média de 15 minutos versus os meros quatro minutos do homem americano médio.

TEORIAS INCONCLUSIVAS

Entre os macacos, o pênis do chimpanzé é o único que rivaliza com o pênis humano. Existem várias teorias para explicar a evolução deste último em uma estrutura quatro vez maior do que a de seus ancestrais, ao longo dos últimos 7 a 9 milhões de anos. Todas inconclusivas. Uma delas é o modelo da seleção desenfreada, elaborado por sir Ronald Fisher[7], geneticista britânico. Por essa teoria, o pênis do homem alongou-se por um processo desenfreado da seleção natural, a sinalizar sua evidente virilidade, até que seu comprimento foi limitado pela contra-seleção, ou seja, o tamanho da vagina de uma mulher.

A teoria da desvantagem evolutiva, do zoólogo israelense Amotz Zahavi[8], leva em conta estruturas que prejudicariam, em tese, a sobrevivência de seu possuidor, por serem grandes ou incômodas. Um exemplo seria a cauda do pavão. Larga, longa e pesada, a cauda torna mais difícil a vida desse pássaro para atravessar a vegetação, levantar vôo, manter-se no ar e, portanto, fugir dos predadores, lembra Zahavi. "Mas um macho que consegue sobreviver apesar dessa custosa desvantagem está anunciando que tem genes fantásticos em outros aspectos.". Com a propaganda, conseguiria atrair maior número de fêmeas e multiplicar seus genes.

Na interpretação dos zoólogos americanos Astrid Kodric-Brown e James Brown[9], estruturas físicas caras como a cauda do pavão representariam, de fato, uma "propaganda honesta" da superioridade de seu portador, uma vez que um animal inferior não suportaria tal custo acessório. Eles não vêem, assim, como uma desvantagem o tamanho avantajado do pênis humano. Ao estudar os animais, os zoólogos sempre descobrem que os ornamentos sexuais tem uma dupla função, lembra Diamond. Qual seja, atrair os possíveis parceiros do sexo oposto e estabelecer o domínio sobre rivais do mesmo sexo. Como não existiam banheiros ou vestiários naquela época, e o sexo era feito a céu aberto, sem muita condescendência de parte a parte, os zoólogos devem estar todos certos.

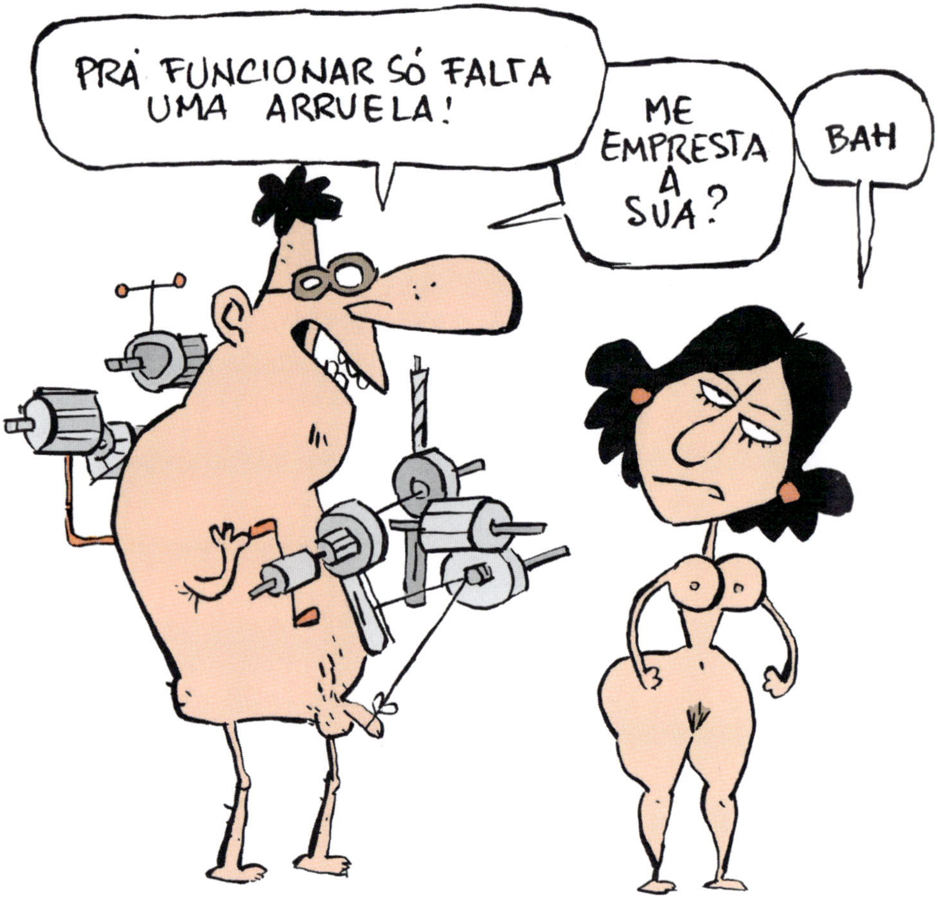

fernando gonsales

CAPÍTULO.02

a impotência ··▸

LEONARDO.

BREVE DIGRESSÃO EM TORNO DO PÊNIS ERETO

crônica / REINALDO MORAES

Pênis ereto, coração complascente. Pênis flácido, coração rígido. É o que diz o adágio popularesco, com ligeira diferença vernacular. Podia ser traduzido por "sexo ativado (pênis ereto) leva a um envolvimento emocional (coração complascente)," da mesma forma que o sexo em off faz do coração um bloco de granito surdo-mudo diante de quem espera em vão por nosso amor. Isso é o óbvio trepidante, digamos, mas tem regido os encontros e desencontros da humanidade até o atual estágio de evolução, pura e simplesmente. Dessa perspectiva, um remédio como o Viagra, que transforma qualquer vago interesse sexual numa ereção de ferro, teria como efeito colateral emotivo um amolecimento romântico do coração do usuário.

Se isso é verdade, quais as conseqüências que esse novo fato da vida a venda em farmácias e drogarias acarretaria nos relacionamentos humanos de um modo geral?

Fazer perguntas dessa magnitude é fácil. Respondê-las são outros quinhentos. Mas vamos lá. Se você está lendo isso é porque está com tempo para se dedicar a especulações ociosas.

Eu começaria investigando como tudo começou, há pelo menos 3 milhões de anos, pelo menos. Não é difícil imaginar um australophitecus metido a sapiens descobrindo que uma determinada macaca bípede da horda faz seu coração amolecer até virar um creme chantilly, ao mesmo tempo que suas ereções com ela vão a mil e lhe dão um prazer todo especial.

Também não é necessário ser PHD em paleoantropologia para deduzir que esse Romeu troglodita, de coração mole e sexo rijo, tentará, às mordidas e pauladas, garantir a macaquinha em questão só para si, frente a outros machos eventualmente interessados, que não serão poucos, se a primata de sua estima for parecida com a Giselle Bündchen ou com a Naomi Campbell ou ainda com a Lucy Liu (Ah, a Lucy Liu.... Vocês viram Kill Bill no.1?).

Isso significa, entre quinhentas mil outras coisas, que os filhotes resultantes dessa união prolongada entre hominídeos da Idade da Pedra vão viver e crescer dentro de células microssociais bem parecidas com uma família: papai, mamãe, os mano e as mana.

Ora (bolas), Aristóteles, na Política, ressalta o papel central da figura paterna na constituição do estado monárquico: o pai mais poderoso dentre os pais da horda se torna o rei, regendo seus súditos como se fossem todos seus filhos submissos, sobre os quais tem direito de vida e morte, o que, em geral, também se aplica à rainha. Goste-se ou não, diz o grande Aristô, a família patriarcal-falocrática é o modelo primal de toda forma de governo, primeiro passo em direção a qualquer tipo de civilização (e de barbárie anticivilizatória também, à la Hitler e Pinochet, mas esse é outro papo).

Com isso chego mais ou menos onde qualquer mulher adulta que tem ou já teve relacionamentos sexuais e afetivos já chegou faz tempo: sem acasalamento minimamente estável, fruto do interesse sexual mútuo, do qual o pênis ereto é o mais eloqüente indicador masculino, não há cultura possível, não rola civilização. Necas de Cervantes e de escada rolante, esquece o rock'n'roll e a penincilina. Ou seja, sem a dupla dinâmica pênis ereto & coração complascente e, conseqüentemente, sem famlília e estado, estaríamos até hoje pulando de galho em galho.

E vamos aproveitar pra dizer o que deve ser dito: durante essa pá de milênios que precederam a inseminação artificial e a possibilidade cada vez mais próxima de clonagem humana, o tal do homo sapiens, em todas as versões conhecidas, vem se reproduzindo através do coito heterossexual, que não poucas vezes tem ensejado acasalamentos mais ou menos duradouros e monogâmicos, pelo menos na aparência e a mais de 50 quilômetros de Ipanema e Vila Madalena. Ou seja, famílias, como se dizia antigamente.

A propósito, não me parece que o Viagra tenha vindo balançar a roseira da vida familiar, até pelo contrário. Lembro de uma entrevista do Jack Nicholson à Playboy, em que o astro afirma, não sem algum cinismo, ter sido uma pena não terem inventado o Viagra antes. Isso teria salvo muitas famílias de amigos dele que se desagregaram porque o maridão perdeu o interesse pela esposinha, depois de anos de rotina sexual, e foi buscar novas encrencas na rua. Com certa dose de interesse erótico pela patroa e uma pilulinha azul ingerida na hora certa, muitos desses casais durariam anos a fio em plena atividade, até que a morte ou uma próstata mal-comportada os separasse. Portanto, hoje em dia, no que depender de um pênis ereto, a vida em família está garantida. É bem verdade que a gandaia também, para matizar um pouco os mores nacionais. De todo modo, será grande ainda por muito tempo o número de pessoas que nasce e cresce dentro de famílias iniciadas com um pênis hígido, com ou sem Viagra, interessado numa vagina a exalar seu feromônios sedutores.

O que mudou, e muito, foi a antiga relação entre pênis e poder dentro da família. Na verdade, cresce vertiginosamente o número de lares em que o dono das ereções fecundantes não ocupa o posto do pater familias provedor, como costumava ocupar desde aquele Australophitecus apaixonado do pleistoceno (de 1,8 milhão a 11.000 anos atrás). Segundo a Pesquisa Nacional por Amostra de Domicílios (PNAD/IBGE), realizada em 2003, quase 30% dos lares brasileiros são sustentados por mulheres economicamente ativas. Incluindo-se o universo das aposentadas e pensionistas, a presença de mulheres como chefes de família pula

para 43,3%! E o fenômeno só tende a aumentar. Se Luís 14 visse a que ponto chegamos, com o mulheril provendo o sustento da família e dando as cartas em casa, gritaria esganiçado sacudindo a peruca de indignação:
"Le patron c´est moi!"

Pergunto:

Sem contar mais com o status de centro e cetro do poder familiar ou político, e ameaçado de obsolescência pelas novas técnicas reprodutivas, que fim terá o pênis ereto como ícone civilizatório? Vai virar um mero joy stick, desvinculando-se aos poucos dos sentimentos, esgotado seu papel biomítico na concepção? E a família, minha gente? O que será da família, do estado e da civilização sem o pênis duro atuando como ferramenta inaugural, substituído por procedimentos laboratoriais com células in vitro sob luz néon e ar condicionado?

Num cenário possível, as famílias do futuro eliminarão o acaso erótico de um de seus atos fundantes: a reprodução. Filhos, só os planejados. Isso mudará alguma coisa no próprio conceito de família, com certeza, se ela não for mesmo chutada pra escanteio como uma curiosidade histórica, do jeito que aconteceu com a nobreza.

A julgar pelo que diz o arguto escritor português Miguel Esteves Cardoso, já não seria sem tempo, pois "Há qualquer coisa de errado na família. A família não funciona. Sei que, como conservador, deveria defender a família. Mas não consigo. A família é indefensável. É um equívoco. É um efeito de economia. A família está a dar cabo das pessoas. E das famílias."

Eu sei lá. Que se cuidem as pessoas e as famílias. E que umas e outras não me venham dar cabo do pênis ereto à força de cercá-lo de desinteresse prático e desconfiança profilática. Pelo menos não do meu...

*Reinaldo Moraes. Escritor, roteirista, contista. Algumas de suas obras: Tanto Faz (1981), Abacaxi (1985), Órbita dos Caracóis (2003), Umidade (2005).

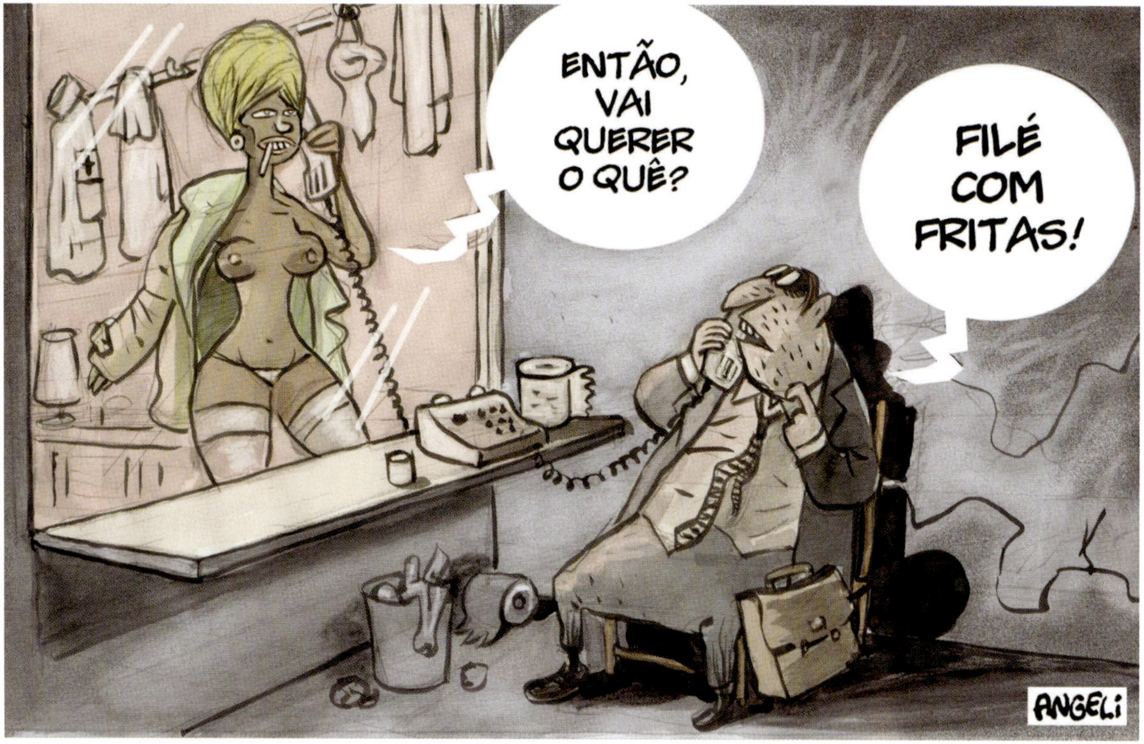
ENTÃO, VAI QUERER O QUÊ?
FILÉ COM FRITAS!
ANGELI

A AUTONOMIA DO PÊNIS

Em 1503, enquanto pintava a Monalisa e dissecava cadáveres em um hospital de Florença, que freqüentava às escondidas, Leonardo da Vinci anotou as seguintes observações em um de seus diários de anatomia a respeito do homem, sua vontade e o pênis: "Freqüentemente o homem dorme e ele fica desperto, e muitas vezes um homem está desperto e ele dorme. Muitas vezes o homem quer usá-lo e ele não quer ser usado; muitas vezes ele quer e o homem o proíbe." Mais adiante, no mesmo diário, o mestre do renascimento perguntava: "Sou eu que controlo o meu pênis ou é ele que me controla?"

Da Vinci[1] não estava tão certo sobre a autonomia do pênis, muito menos sobre a relação do homem com ele, apesar de nada ter encontrado em suas pesquisas que lhe permitisse explicar de outra forma as ereções involuntárias durante o sono e a indisponibilidade do membro masculino para atuar em determinadas circunstâncias. Quatro séculos mais tarde, mais precisamente no ano de 1968, quando a revista *Playboy* americana perguntou ao casal de pioneiros da terapia sexual, William Masters e Virginia Johnson[2] qual era a principal causa da impotência, Masters respondeu sem vacilar: o medo. Independentemente das razões ou das circunstâncias sob as quais o homem não consegue ter ou manter uma ereção pela primeira vez, a maior causa da continuidade dessa disfunção sexual a partir daí é seu medo de não ter um bom desempenho."

A medicina contemporânea acabou em parte com o mistério que intrigava Da Vinci[3] e com a certeza dos pesquisadores pioneiros da sexualidade humana, sobre quem comanda ou é comandado, em se tratando do pênis humano. A má vontade ou falta de disponibilidade deste para atuar pode ser conseqüência de problemas psicológicos, neurológicos, hormonais, arteriais, de deficiências nos corpos cavernosos, abuso de drogas como o álcool e o tabaco ou uma combinação de todos eles, entre outros. Detectar onde termina uma causalidade e começa a outra, ou quando a participação de fatores psíquicos e físicos é intrincada ficou mais fácil com a descoberta detalhada dos mecanismos da ereção e suas vulnerabilidades.

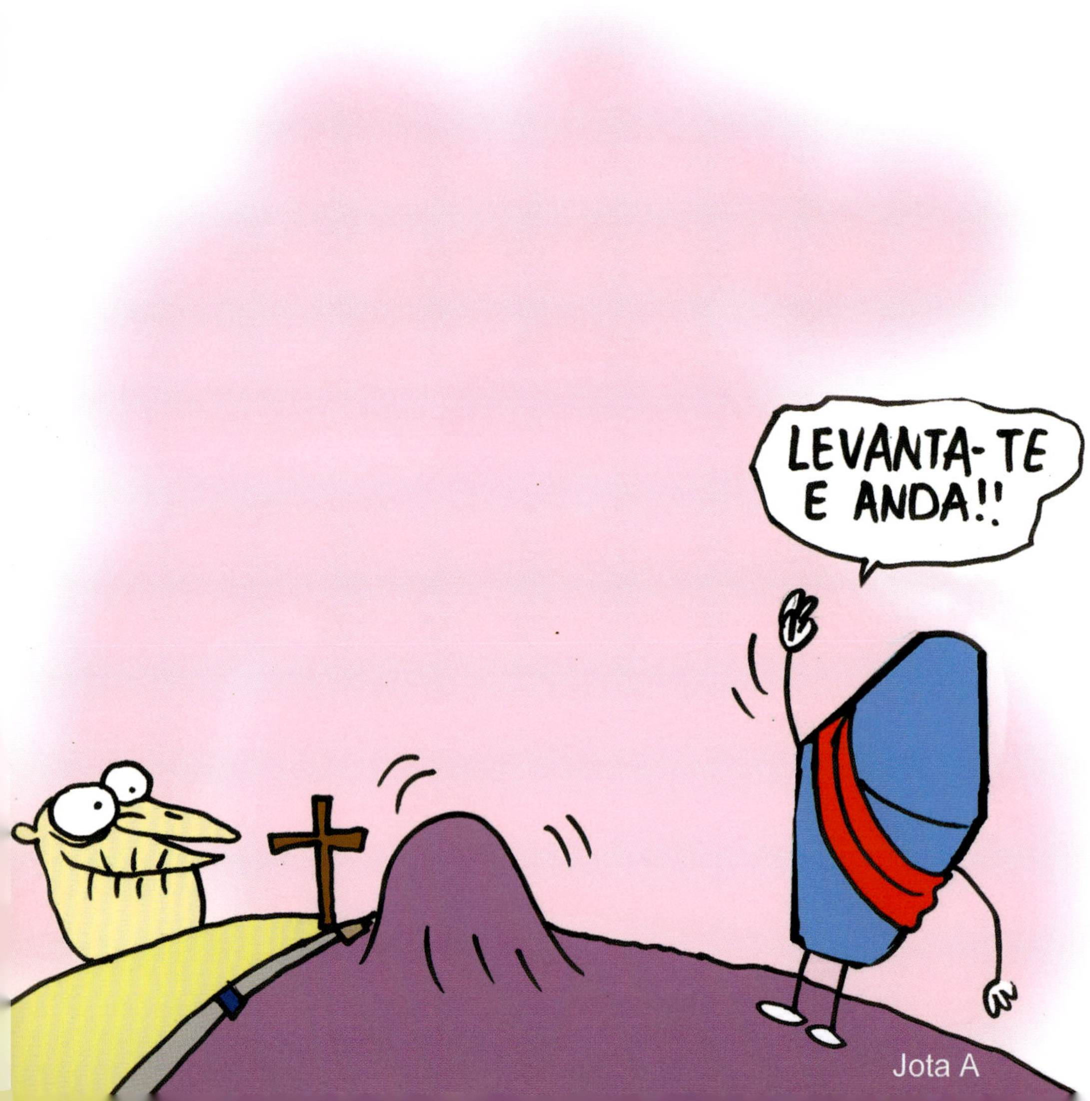
LEVANTA-TE
E ANDA!!
Jota A

SOB O CONTROLE DA IGREJA

Até o renascimento o diagnóstico da impotência estava sob a jurisdição da igreja, por mais esdrúxulo que isso possa parecer. Desde o ano 1140, quando foi publicado o *Decretum de Gratian*[4], uma nova compilação das leis canônicas, a disfunção sexual masculina passa a ser considerada pelas leis católicas motivo justificado para anulação do casamento. Na concepção dos teólogos medievais o sexo pelo sexo, motivado pela luxúria, que eles denominavam simplesmente de fornicação, era pecado mortal, mas a cópula era isenta de pecado por não ter como meta o prazer, nem envolver desejo, mas o objetivo de honrar o mandamento divino: "crescei-vos e multiplicai-vos".

Gratian sugeria em seu decreto que o casal formado por um marido impotente tentasse viver como irmãos. Se não fosse possível o arranjo, a mulher tinha autorização para se casar novamente. O homem, não. Para definir a condição do marido era praxe, na época, submetê-lo a testes. Um desses testes realizado na presença do padre e da esposa previa a exposição do impotente a uma examinadora, uma mulher de reconhecida honestidade, que se apresentava diante do acusado com os seios expostos, e o beijava e acariciava, dedicando especial atenção ao seu pênis e a tudo o mais que pudesse levá-lo a uma ereção.

Durante a Idade Média existiu ainda a prática do chamado "congresso", um evento patrocinado pelos tribunais eclesiásticos como parte do processo para anulação de um casamento com base na impotência do marido. O casal era levado a permanecer alguns dias confinado em dependências do tribunal, onde deveria dormir junto com o objetivo de consumar a penetração. O procedimento era assistido por uma mulher mais velha e experiente, que lhes administrava dieta especial, à base de especiarias e ervas aromáticas, e os massageava com óleos mornos, em um ambiente aquecido, onde os dois eram orientados a conversar um com o outro e a se abraçar e acariciar mutuamente. Ao fim do período, a acompanhante relatava às autoridades da igreja o que vira, na presença do casal. Alguns desses "congressos" eram assistidos por grupos de até 15 pessoas, relatam os historiadores Thomas Benedek e Janet Kubinec, da faculdade de medicina da Filadélfia[5].

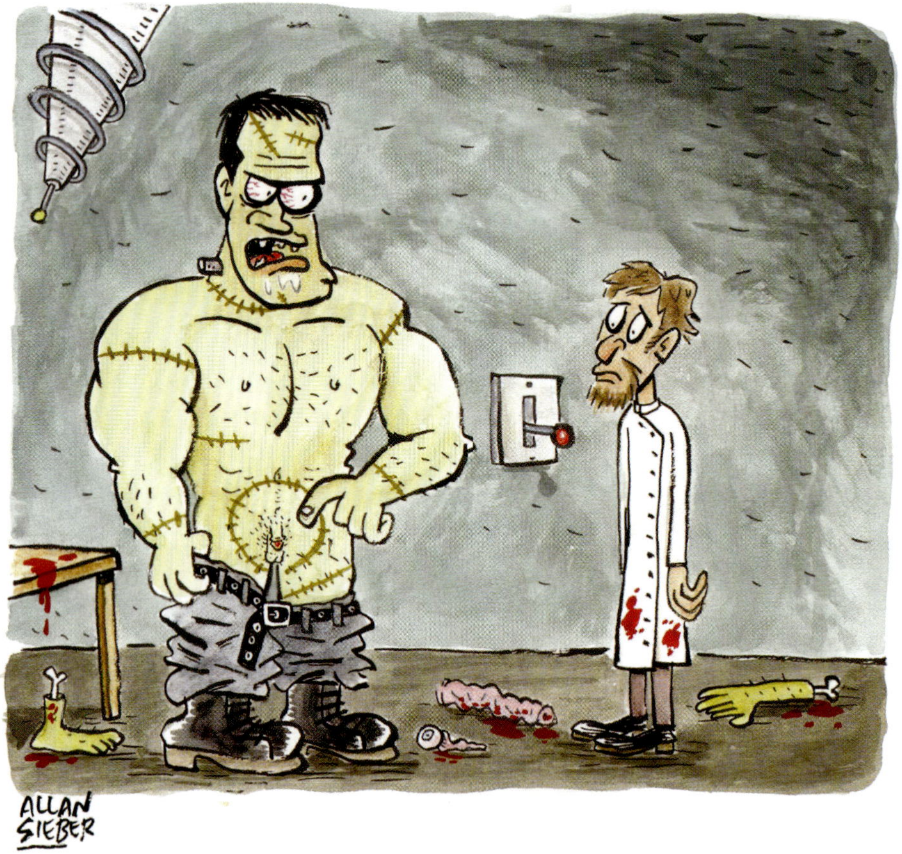
ALLAN
SIEBER

COMANDADO PELA CIÊNCIA

A medicina do final do século 20 mudou o nome da impotência para disfunção erétil por considerar o termo depreciativo da masculinidade e impreciso. A iniciativa foi do *National Institute of Health*, o ministério da Saúde dos Estados Unidos. Ela foi tomada em 1992, e coincide com a multiplicação dos estudos sobre a fisiologia do pênis e os mecanismos da ereção. A nova definição contempla as causas orgânicas do problema, que podem ser estudadas, testadas e classificadas, diferente do conceito anterior que contemplava muito mais as chamadas causas psicogênicas[6] da disfunção sexual masculina.

O presidente da Sociedade Brasileira de Urologia, dr. Sidney Glina, um médico atento para a influência de fatores psicológicos na manifestação das dificuldades sexuais masculinas, preferia a terminologia anterior. "Do ponto de vista do quadro clínico a palavra impotência expressa muito melhor o sentimento masculino", diz ele. "O homem se sente impotente, de fato, quando se depara com a dificuldade de obter ereções e passa a viver um drama. A mulher chega para lhe dar um beijo e ele fica tenso. E se ela quiser ir pra cama? No trabalho, o pessoal fala de mulher e ele fica mal. O fato de não funcionar contamina o seu relacionamento profissional e tudo o mais. Por isso que eu gosto desse termo."

De acordo com a nova definição, disfunção erétil é a incapacidade consistente de alcançar e manter uma ereção que permita uma relação sexual satisfatória. Por consistente se entende a dificuldade que se repete no tempo, tornando-se um problema recorrente ou crônico. O tempo deve ser superior a três meses, sugerem alguns urologistas, sem cravar um limite. "Falhas permanentes, por meses consecutivos, em uma pessoa que já passou da fase de iniciação sexual e não atravessa uma crise no relacionamento são chamadas de disfunções sexuais e devem ser investigadas", observa a psiquiatra Carmita Abdo[7] em seu livro Descobrimento Sexual do Brasil.

Segundo as estatísticas internacionais, 80% dos casos de disfunção erétil registrados têm mais a ver com problemas de origem fisiológica, associados ao estilo de vida atual e à doenças que começam a aparecer na meia idade, e apenas 20% estariam mais associados à causas psicológicas. O estilo de vida também estaria por trás deles, na medida em que produz estresse, ansiedade e, muitas vezes, depressão, as principais causas psíquicas da dificuldade de ereção.

Doenças neurológicas como o mal de Parkinson, Alzheimer, derrame e outros traumas cerebrais que afetam a libido também podem inibir a capacidade de ereção. O grau de comprometimento da função erétil em homens que sofreram danos na medula depende da natureza, localização e extensão da lesão.

OS NÚMEROS DA DISFUNÇÃO ERÉTIL

Estimativas baseadas em estudos clínicos dão conta de que 152 milhões de homens em todo o mundo devem sofrer de algum grau de disfunção erétil, hoje, informam os pesquisadores Fouad Kandeel, Vivien Koussa e Ronald Swerdloff, em um artigo do jornal científico *Endocrine Reviews*[8]. Um número, segundo eles, que deve aumentar duas vezes e meia ao longo dos próximos vinte anos. Os primeiros levantamentos sistemáticos a respeito dessa condição masculina datam do final da década de 80. O mais conhecido é o *Massachussetts Male Aging Study* (*MMAS*), uma pesquisa que envolveu 1700 homens entre 40 e 69 anos da região de Boston, nos Estados Unidos, entre 1987 e 1989. O estudo revelou que 52% dos entrevistados reconheciam algum tipo de dificuldade para obter ereções. Os dados mostraram a associação entre idade e aumento da incidência da disfunção erétil. Enquanto 39% dos homens entre 40 e 49 anos reclamavam de uma leve, moderada ou grave dificuldade de chegar à ereção, 69% dos entrevistados de 60 a 69 anos experimentavam tais condições. A atualização do mesmo *MMAS*, feita com 1156 sobreviventes do grupo pesquisado originalmente, entre 1995 e 1997[9] indicou que os casos de disfunção erétil aumentaram cerca de duas vezes a cada década vivida. Pesquisas realizadas em outros países ao longo dos últimos anos confirmam os dados norte-americanos.

No Brasil, a disfunção erétil atinge em algum grau 45,1% dos homens, informa o maior estudo sobre o assunto, conduzido pela psiquiatra Carmita Abdo, entre o final do ano de 2002 e início de 2003, e que ouviu brasileiros das cinco regiões do país. A maioria sofre de disfunção erétil mínima, ou seja, falha de vez em quando, mas com certa regularidade e uma minoria tem disfunção erétil estabelecida, como mostram os dados abaixo. A formação educacional influi bastante. Quanto menor o grau de instrução maior a manifestação da disfunção sexual.

A pesquisa não revela a associação com outras variáveis como situação de emprego e salário, mas informa que menos de 60% dos homens ouvidos na pesquisa tinham emprego formal; mais de 20% trabalhavam por conta própria e 13,1% estavam desempregados, todos fatores com potencial corrosivo sobre a libido e suas pulsões.

A PORCENTAGEM DE FALHA ENTRE OS BRASILEIROS
- POR FAIXA ETÁRIA -

ENTREVISTADOS: 2832 INDIVÍDUOS

Faixa etária	Completa	Moderada	Mínima
18 a 39 anos	1,1%	10,3%	32%
40 a 49 anos	1,3%	9,6%	29%
50 a 59 anos	1,6%	15,4%	30,6%
60 a 69 anos	6,7%	23,3%	33,7%
70 anos ou mais	12,3%	35,1%	21,1%

A PORCENTAGEM DE FALHA ENTRE OS BRASILEIROS
- POR NÍVEL EDUCACIONAL -

ENTREVISTADOS: 2850 INDIVÍDUOS

	Sem DE	Com DE
NÍVEL SUPERIOR	61,2%	38,8%
NÍVEL MÉDIO	48,2%	51,8%
NÍVEL FUNDAMENTAL	43,3%	56,7%

n [sem DE] = 1567
n [com DE] = 1283

DAS CAUSAS FISIOLÓGICAS

Fatores hormonais, vasculares, o uso de certas medicações ou doenças da idade, como hipertensão e problemas cardíacos são as causas orgânicas mais comuns da disfunção erétil na meia idade.

A ateroesclore, depósito de placas de gordura nas paredes das veias e artérias, está por trás de 40% dos casos que afetam homens de mais de 50 anos. A baixa de androgênio em circulação nos homens dessa faixa etária, e mais velhos, diminui o ritmo das ereções noturnas e a libido. Mas a capacidade de ereção diante de um estímulo sexual se mantém. Os androgênios não seriam assim tão essenciais ao processo, suspeitam os pesquisadores da disfunção erétil.

Outras doenças associadas com a disfunção erétil são o diabetes mellitus, a deficiência renal crônica, distúrbios hepáticos, doença pulmonar obstrutiva crônica, esclerose múltipla e apnéia do sono.

Em pacientes com diabetes mellitus a incidência de disfunção erétil varia de 20% a 75% dependendo da idade, do tempo da doença e da severidade.

Doenças de origem endócrina, que reduzem o nível de testosterona, e problemas da tireóide, também podem levar à disfunção erétil, quando não tratadas. Cirurgias da próstata, bexiga ou intestino, irradiação da pelve para tratamento de câncer, acidente vascular cerebral e traumas no períneo (muito comum em ciclistas) levam a problemas vasculares que podem comprometer a ereção. Nos homens com hipertensão a disfunção erétil não é conseqüência da alta de pressão em si, advertem os urologistas, mas das lesões que ela produz nas artérias que drenam o sangue no pênis.

DEIXE-ME VER SE ENTENDI: O SENHOR CONFUNDIU O COMPRIMIDO COM PASTILHA PARA O HÁLITO?
CUSTÓDIO

DOS FATORES DE RISCO

Os médicos apontam o abuso de drogas como heroína, cocaína, álcool, maconha e o tabagismo como fatores de risco para o aparecimento da disfunção erétil na meia idade. O cigarro pode provocar a vasoconstrição, o estreitamento das veias que drenam o sangue para dentro e fora dos corpos cavernosos, e também comprometer a elasticidade da musculatura lisa que os reveste, favorecendo assim o seu esvaziamento parcial durante o processo de ereção. Os opiáceos, alcalóides e o thc, a substância ativa da maconha, são elementos químicos que interferem nos circuitos neurotransmissores cerebrais que estimulam o desejo e, por meio dele, o circuito nervoso da ação sexual.

O abuso de drogas, bem como a crise no casamento, muito comum na meia idade, e problemas com o envelhecimento são as causas psicogênicas mais comuns da disfunção erétil. Os urologistas e terapeutas sexuais relacionam ainda as dificuldades com o trabalho, que costumam afetar a auto-estima e aumentar a ansiedade dos homens de forma dramática.

Existem várias medicações que interferem no processo da ereção e podem levar à disfunção erétil. Alguns antidepressivos e tranqüilizantes e as drogas anti-hipertensivas, por exemplo, interferem na atividade dos circuitos neurotransmissores de serotonina, noradrenalina e dopamina que atuam sobre a ereção. Os beta-bloqueadores usados por quem tem problemas cardíacos afetam a função erétil porque potencializam a ação de hormônios adrenérgicos (a adrenalina) no pênis. Como se sabe, essa substância tem efeito constritor sobre a musculatura lisa peniana.

Dificilmente a disfunção erétil se manifesta associada a uma determinada causa, apenas. O processo de ereção é tão complexo e delicado que está sujeito a danos por variadas condições. Um homem com diabetes, por exemplo, também pode ser fumante ou abusar do álcool, ou sofrer de pressão alta e ter problemas de colesterol. Isoladamente, cada uma dessas variáveis é um fator de risco para a disfunção erétil, por ameaçar a integridade de vasos, ou nervos do sistema. A presença de duas delas em um mesmo indivíduo aumenta consideravelmente o risco.

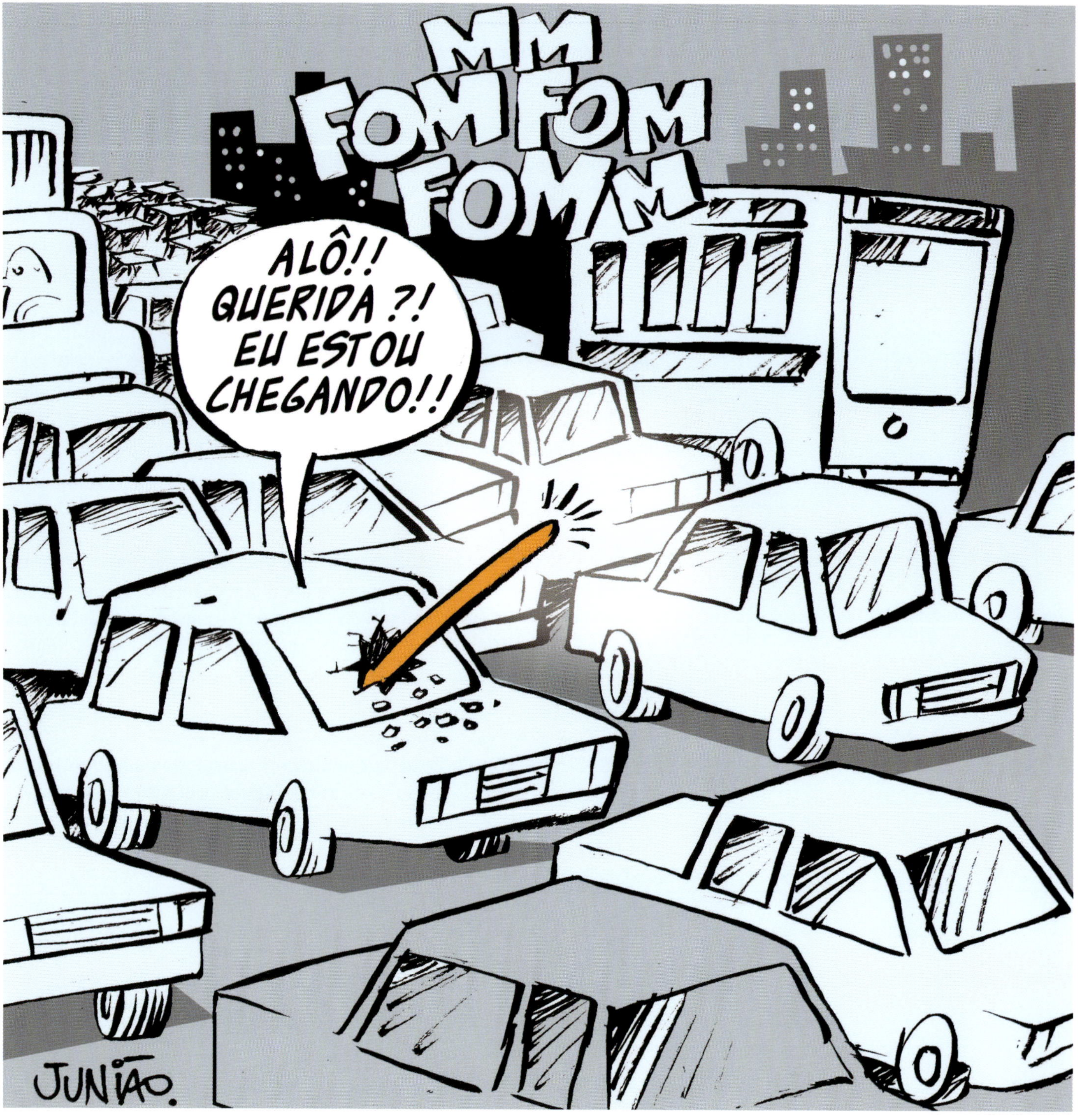
MM
FOM FOM
FOMM
ALÔ!! QUERIDA ?! EU ESTOU CHEGANDO!!
JUNIÃO.

VIGOR E ANSIEDADE

Os urologistas da *Cornell University*, norte-americana, conhecidos no mundo todo por seus estudos sobre disfunção erétil, observam que fatores psicológicos como o estresse, tão comum ao estilo de vida atual, ou a disputa entre os sexos e a "ansiedade da performance" alteram a comunicação dos impulsos nervosos que o cérebro emite durante o processo de excitação sexual masculina.

Como se não bastasse, o vigor sexual do homem costuma diminuir com a idade, especialmente entre os que levam vida estressante. Aumenta o tempo entre o estímulo sexual e a obtenção de uma ereção, por exemplo, e esta pode ser menos túrgida. A ejaculação perde força, o volume do sêmen diminui e o período que os médicos denominam de refratário, entre uma ereção e outra, pode chegar a ser de 24 horas, ou mais.

"Isso não significa, de forma alguma, que o homem mais velho está fadado à impotência", adverte o urologista Sidney Glina, comentando que esse é um mito no qual muita gente ainda acredita. Provavelmente porque muitos homens, de fato, à medida que envelhecem vão manifestando doenças e tendo dificuldade de manter parcerias, mulheres, namoradas, etc. Mas o homem saudável, que tem uma relação boa de casamento ou namoro, pode ter relações sexuais até morrer, enfatiza o dr. Glina: "Tenho pacientes de 80 anos, casados com mulheres na faixa dos 75 anos que transam uma vez por semana até hoje. E não, necessariamente, usando o Viagra."

O ÚNICO

crônica / SIDNEY GLINA

Era sábado à tarde, dia de cortar o cabelo. O salão estava cheio. Os clientes disputavam as revistas Playboy - a edição mais recente trazia na capa a nova musa da CPI dos correios, posando como veio ao mundo. Quem não conseguia seu exemplar jogava conversa fora. "Afinal, o Severino seria cassado ou não?""E o Corintians? Como andava mal o timão."

Estava sentado na última cadeira. Os barbeiros me conhecem, sabem que atendo muitos pacientes com disfunções sexuais. Não demorou muito para que me envolvessem na conversa.

"E aí doutor? Vai sair algum remédio melhor que o Viagra?'

Todos se calam, esperando com interesse minha resposta.

Não há novidades na área, eu digo. Os medicamentos existentes no mercado já são muito bons, dificilmente teremos produtos mais eficazes, explico, tentando voltar à leitura da minha Playboy e descobrir os segredos da nova musa. A conversa sobre o Viagra continua. Um dos funcionários do salão - o mais novo, por sinal - conta que já experimentou os remédios para ereção das três marcas. Na sua avaliação, são todos ótimos.

"Tem um que dura até uma semana", ele diz, adiantando que só recorre a medicação para sair com namorada nova. Em casa prefere não usar para não "acostumar mal" a esposa.

Um cliente do meu lado, que faz as unhas (mãos e pé) enquanto cortam seu cabelo, conta que só usa o remédio quando tem algum encontro na hora do almoço. Toma o comprimido quando chega ao motel.. "Dava" a primeira por conta própria e a segunda, com a ajuda da medicação, ele diz. Era a melhor maneira de ganhar tempo. Ele tinha de voltar rápido para o escritório..

Dona Joana, a manicure, alheia ao papo interfere, de repente, querendo saber se tais medicamentos não faziam mal ao coração. O cliente da primeira

cadeira, aparentemente um experimentado consumidor, diz que seu cardiologista o havia liberado, apesar de já ter tido um infarto. As notícias sobre mortes de usuários quando do lançamento do Viagra eram infundadas, diz ele. "Estes remédios até ajudam o coração", acrescenta. "O único perigo era o uso simultâneo das medicações com substâncias para dilatar as coronárias, porque fazia cair a pressão".

Satisfeito com a explicação do "colega", voltei à leitura da Playboy. A manicure comenta com o dono do salão que se sentiria "traída" se seu marido usasse esse tipo de remédio. Ele retruca, dizendo que talvez o marido dela já usasse, e ela nem soubesse.

Um jovem do meu lado se mostra preocupado. "Não conseguia mais ter relações sem usar um desses comprimidos", me diz. Havia começado por farra e um certo medo de falhar com uma namorada nova, alguns meses atrás.

Um senhor de seus 60 anos, sentado na área de espera, assistia aos takes de um jogo da semana na TV, completamente alheio a essa conversação. Mas o dono do salão quis saber dele:

"E o senhor, qual a sua experiência do Viagra?"

"Não tenho nenhuma. Nunca usei estes remédios".

"Nem para experimentar?", insistiu o dono do salão.

"Nem para dar uma com a namorada nova?"

O sr. Nico, era este o seu nome, não precisava de aditivo. Só mantinha relações com parceiras que o atraíam também emocionalmente. Não era de transar por transar, conforme logo ficamos sabendo. Tinha aprendido com o pai sobre sexualidade, nos disse. Para ele, o pênis só funcionava a base do desejo. Se tivesse de usar um comprimido para ajudá-lo a fazer a coisa que mais lhe dava prazer se sentiria impotente.

O clima no salão ficou pesado, abatido pelo silêncio. Todos olhavam o seu Nico, com um misto de descrença e respeito. Nesse meio tempo o cliente da primeira cadeira levantou-se. Seu Nico foi ocupá-la.

"Não sei se eu acredito muito no senhor", disse o homem, ao lhe ceder o lugar. "Sua história me lembra a Velhinha de Taubaté, aquela que acreditava em tudo."

O seu Nico não deixou por menos:

"A velhinha de Taubaté? Sei, conheci bem, era uma das mais safadinhas."

Sidney Glina é médico urologista. Presidente da Sociedade Brasileira de Urologia e ex-presidente da Internacional Society for Sexual and Impotence Research é co-autor do livro Disfunção sexual masculina, com os médicos Pedro Puech-Leão, Eduardo Pagani e José Mário Siqueira Marcondes Reis.

TÓIM

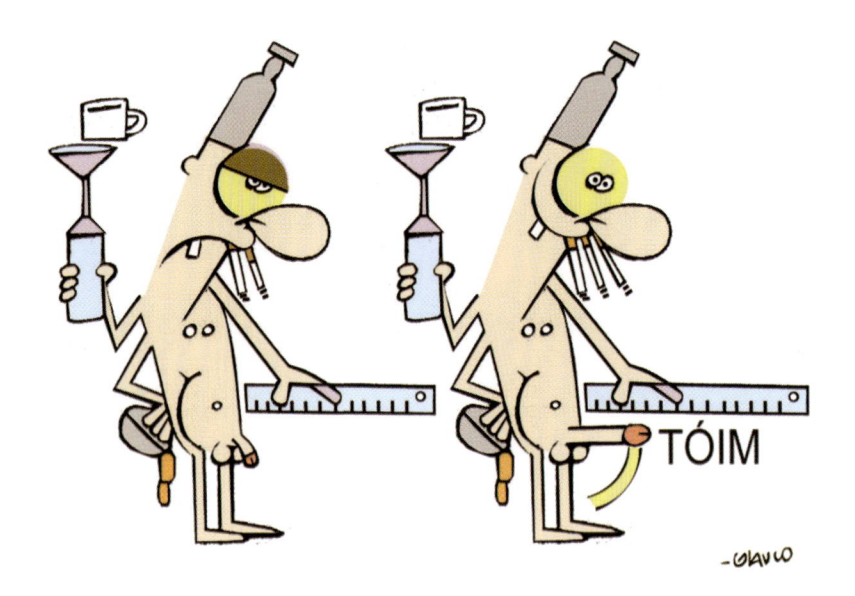

CAPÍTULO.03

o pênis sob escrutínio

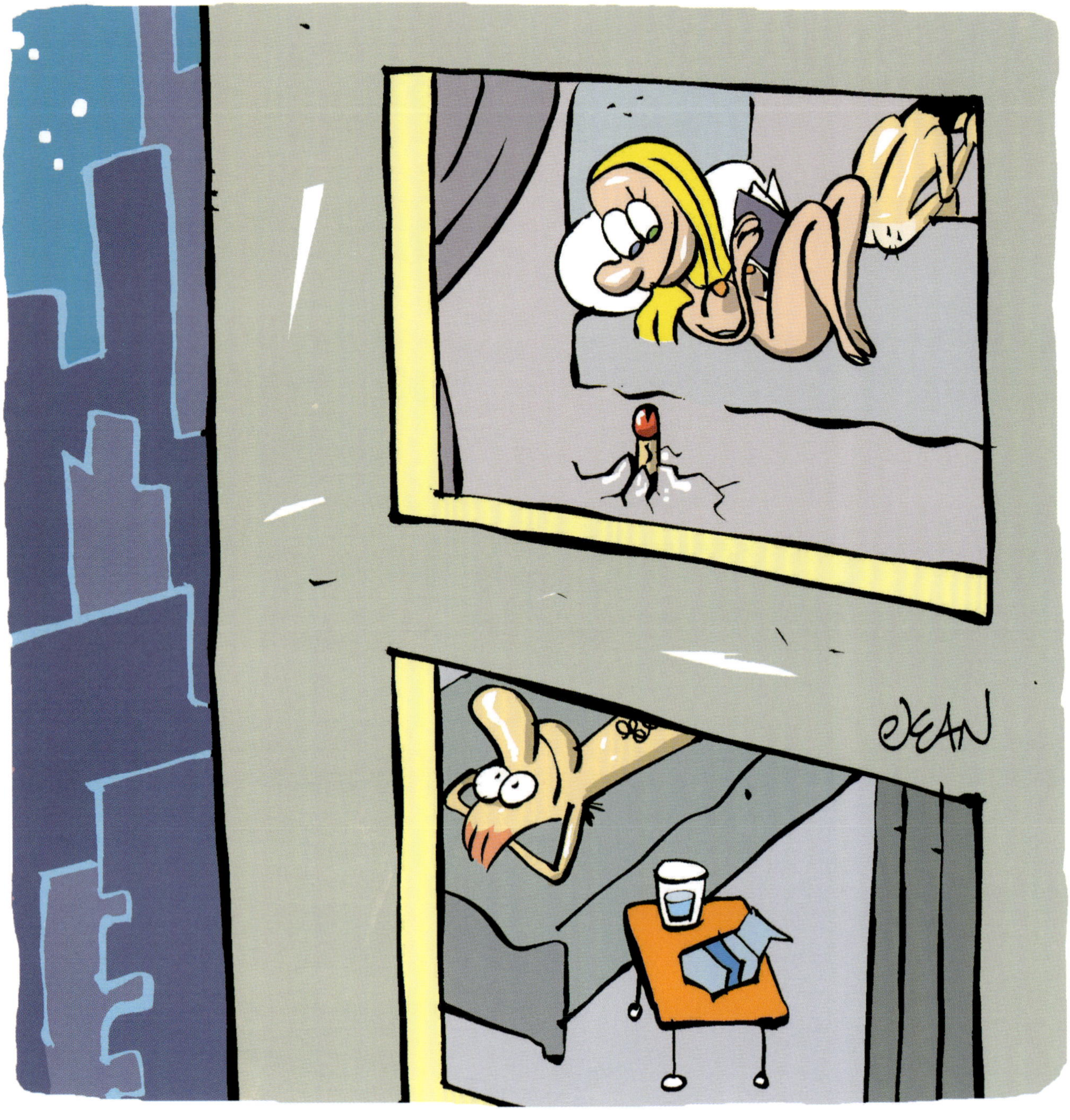

crônica / MARIO PRATA
A PRIMEIRA VEZ A GENTE NUNCA ESQUECE

"Na vida não conheço ninguém que tenha levado porrada, todos são semi deuses", já dizia Fernando Pessoa. Pois é. Na vida não conheço ninguém que tenha tomado Viagra, são todos semi eretos.

Ninguém tem, ninguém toma, ninguém viu, ninguém sabe. Não tomar Viagra, hoje em dia (ou hoje em noite) significa que o cara é macho paca. E não nos esqueçamos que paca vem de para caralho. Ou seja, o cara é macho para caralho.

Eu tomo e entrego: todos meus amigos tomam. Não é sempre, mas é sempre bom. Além de manter o devido nível, ainda no dia seguinte ele acorda que é uma beleza. Dá gosto ver: encorpado, vivo, alegre, disposto. Como a me dizer: precisando, estamos aí.

Me lembro como se fosse hoje a primeira vez. Claro que eu não precisava (hehehe, como dizem os internautas). Mas estava num almoço na casa de três psicanalistas. Eles nunca haviam usado, claro. Mas me diziam que os pacientes estavam gostando muito. Me deram uma receita e eu topei fazer um teste mais profundo (com o perdão da palavra).

Você começa a passar vergonha na farmácia. Fala baixinho: tem Viagra, moça? E a mocinha grita pra outra, lá no fundo: tem Viagra lá atrás? A impressão é que o mundo está te olhando. Impressão, porque eu fechei os olhos. Abaixa-se a cabeça, para ter que levantar o resto.

Depois ela pegou a receita, meteu um estrondoso carimbo lá atrás e fez um questionário que não acabava nunca (naquela época tinha que ter receita). O tempo para a filha do meu amigo Dênio, ainda adolescente, entrar na farmácia e me fazer ficar atrás de uma coluna. Aí a mocinha grita: de 50 ou de 100? Mais essa. Fui na de 50 com medo dos efeitos colaterais. Sabe-se lá...

Era domingo de sol, propício para prepúcios assanhados, chego em casa e não é que a família daquela gatinha de 14 anos - shortinho, a danadinha - estava

voltando da praia e descarregando o porta-mala? Ela toda curvada. Tóim. E agora? Esse negócio vai ficar assim para sempre? Subo o elevador com a velhinha do 101, eu com o saquinho de cerveja encostado lá, disfarçando e tentando esfriar meu ímpeto. Ela ainda comenta: calor, né? Esfriei, sosseguei.

Chega a cobaia. Sim, era uma experiência. Depois da experiência muito bem sucedida, ela senta-se na cama, fica olhando para ele e me diz:

- Esse troço aí não passa num anti-doping, não.

*Mario Prata. Escritor e dramaturgo. Algumas obras: Estúpido Cupido (novela, 1976), Fábrica de Chocolate (1980), Besame Mucho (peça, 1987), Mas será o Benedito? (1996), Minhas Mulheres e Meus Homens (1996), Buscando o seu Mindinho (2002), Diário de um Magro 2 - A volta ao SPA (2003), Bang-Bang (novela, 2005).

E QUAIS SUAS INTENÇÕES PARA COM MINHA FILHA, CAVALHEIRO?
SÓ COMER MESMO.
orlando

UM ÓRGÃO HONESTO

O pênis é o órgão mais sincero que o homem possui, disse o escritor americano Gay Talese[1], em seu livro A Mulher do Próximo, uma das mais completas reportagens sobre a revolução sexual dos anos 60 e 70, vista dos Estados Unidos e escrita no calor da hora, com base em personagens reais como Hugh Hefner, criador da então emergente revista *Playboy*.

Talese chega a essa conclusão ao recordar o impacto que a novela O Amante de Lady Chatterley[2], de D.H. Lawrence, escrita em 1928, causa no país, onde passa a circular clandestinamente ao longo das décadas de 30 e 40, até sua publicação ser liberada, oficialmente, em fins dos anos 50. Para quem não lembra, Lady Chatterley, casada com um aristocrata arrogante, e impotente, por causa de um ferimento na Primeira Guerra, mantém um romance tórrido, como se diria na época, com um jovem militar, de quem acaba engravidando e por quem larga o marido, a casa e a classe social.

O livro se detém sobre a experiência sexual dos amantes, destacando entre outras coisas a atenção que Lady Chatterley dispensa ao pênis do jovem militar, que ela afaga com os dedos, acaricia com os seios, toca com os lábios, segura entre as mãos e observa enquanto cresce... e o amante lhe diz coisas, do tipo: "Esse cavalheiro tem raízes fincadas na minha alma. Às vezes não sei o que fazer com ele. Tem sua própria vontade e não é fácil atendê-lo".

Gay Talese acrescenta em seu livro que os homens sentem, mesmo, às vezes que o pênis os controla, leva-os para onde quer, faz com que supliquem favores à noite de mulheres cujos nomes preferem esquecer pela manhã.

Diz o escritor: "Quer seja insaciável ou inseguro, o pênis exige uma prova constante de sua potência, introduzindo na vida de um homem complicações indesejáveis e rejeições freqüentes."

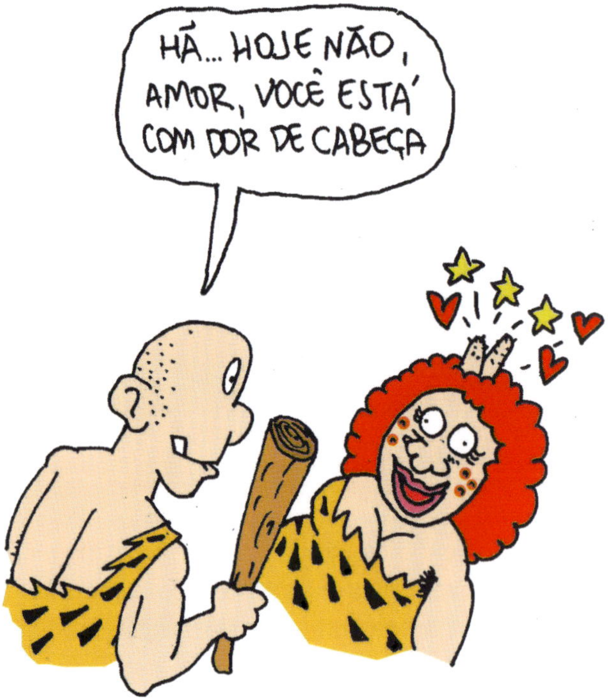

arnaldo branco

OUTROS TEMPOS

O psiquiatra britânico John Bancroft, diretor do famoso Instituto Kinsey de estudos sobre a sexualidade humana, sediado em Indiana, nos EUA, não tinha dúvidas sobre essa qualidade muitas vezes ambivalente da relação do homem com seu pênis. "O pênis é o órgão mais honesto do corpo masculino. Ele diz a verdade, quer seu dono queira escutá-la, quer não", ele escreveu em 1989, em um ensaio que ficou famoso no meio médico intitulado: O HOMEM E SEU PÊNIS - UMA RELAÇÃO AMEAÇADA.

O membro masculino andava de mão em mão, nessa época, submetido a intervenções variadas como a ligação venosa, um procedimento de duvidosa eficácia. Os urologistas achavam que era possível impedir o sangue de escapar dos corpos cavernosos amarrando certas veias que participavam do processo de irrigação sanguínea do pênis. Muitos realizaram o procedimento, que se mostrou mais tarde praticamente inócuo, além de preocupante. "Os problemas de ereção voltavam, quase que invariavelmente e, o que era pior, os pacientes ficavam com o pênis entorpecido para sempre", relata David Friedman[3].

Os especialistas ignoravam os aspectos mentais da impotência, quer como causa ou efeito, reclamava Bancroft, criticando as novas práticas dos urologistas. "Tratamentos de revascularização, implantes de silicone e injeções no pênis não tratam do problema e sim o abafam e obscurecem", ele disse no ensaio. A controvérsia entre psiquiatras e urologistas sobre as terapias contra a impotência teve vida curta. O entendimento dos mecanismos delicados da função erétil e o advento das medicações orais capazes de recuperá-los acabariam com ela, nos anos 90.

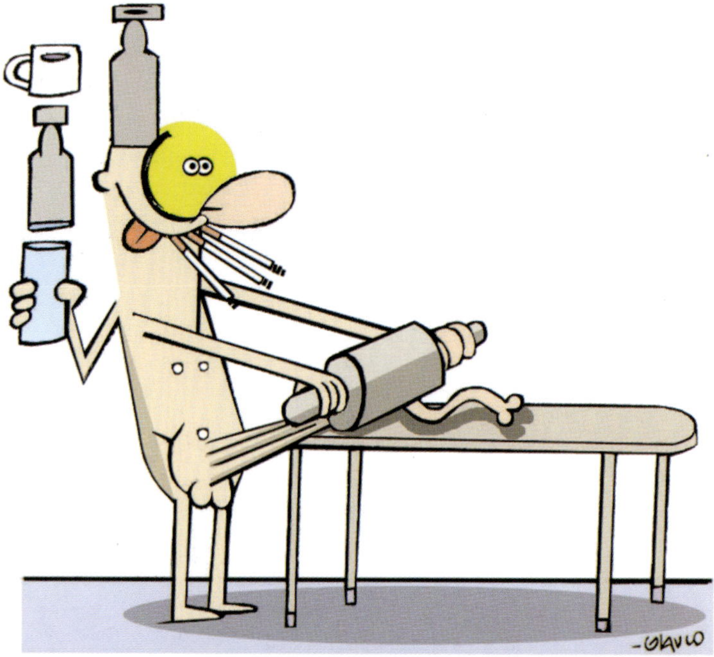

COBAIA DE SI MESMO

A compreensão do fenômeno da ereção e a pesquisa de tratamentos para a impotência, que culminam com o advento do Viagra, no final do século 20, devem parte de sua história ao acaso e, parte ao espírito no mínimo audaz do urologista britânico de nome Giles Brindley, professor da vetusta universidade londrina de Cambridge. Respeitado na Europa por seus estudos de bioengenharia, Brindley vinha suscitando rumores no meio médico especializado em impotência, no início dos anos 80, por causa de suas pesquisas sobre fisiologia do pênis humano. Elas envolviam a injeção de drogas. Com elas, Brindley estaria recuperando a ereção de homens há décadas impotentes ou que tinham paralisia, era o burburinho que corria. O cientista já fora convidado para falar sobre o assunto em uma conferência de médicos em Londres, mas recusara o convite. Ainda não estava pronto.

Foi assim, com grande expectativa, que os urologistas participantes do congresso anual da *American Urological Association*, no outono de 1983, se reuniram para ouví-lo no auditório de um centro de convenções de Las Vegas, a cidade que nunca dorme. O pesquisador britânico apresentou o trabalho, mostrou gráficos e tabelas e, em seguida, pediu licença para ausentar-se por alguns minutos. Quando voltou à tribuna, diante de algumas centenas de colegas do mundo todo ali presentes, não se fez de rogado. Abaixou as calças e apresentou ao público a evidência do acerto de suas pesquisas: seu pênis completamente ereto e firme.

Cobaia de si mesmo, Brindley experimentara cerca de 33 tipos diferentes de injeções no pênis para estudar o que chamou de EXPERIMENTOS PILOTO SOBRE A AÇÃO DE DROGAS INJETÁVEIS NOS CORPOS CAVERNOSOS DO PÊNIS HUMANO.

Depois de obter ereções de duração variada, de 11 minutos até 44 horas, dependendo da substância utilizada, ele considerou particularmente satisfatório o efeito da fenoxibenzamina, uma substância normalmente usada no tratamento da hipertensão. Era ela que agia sobre seu membro naquele dia histórico para a medicina urológica.

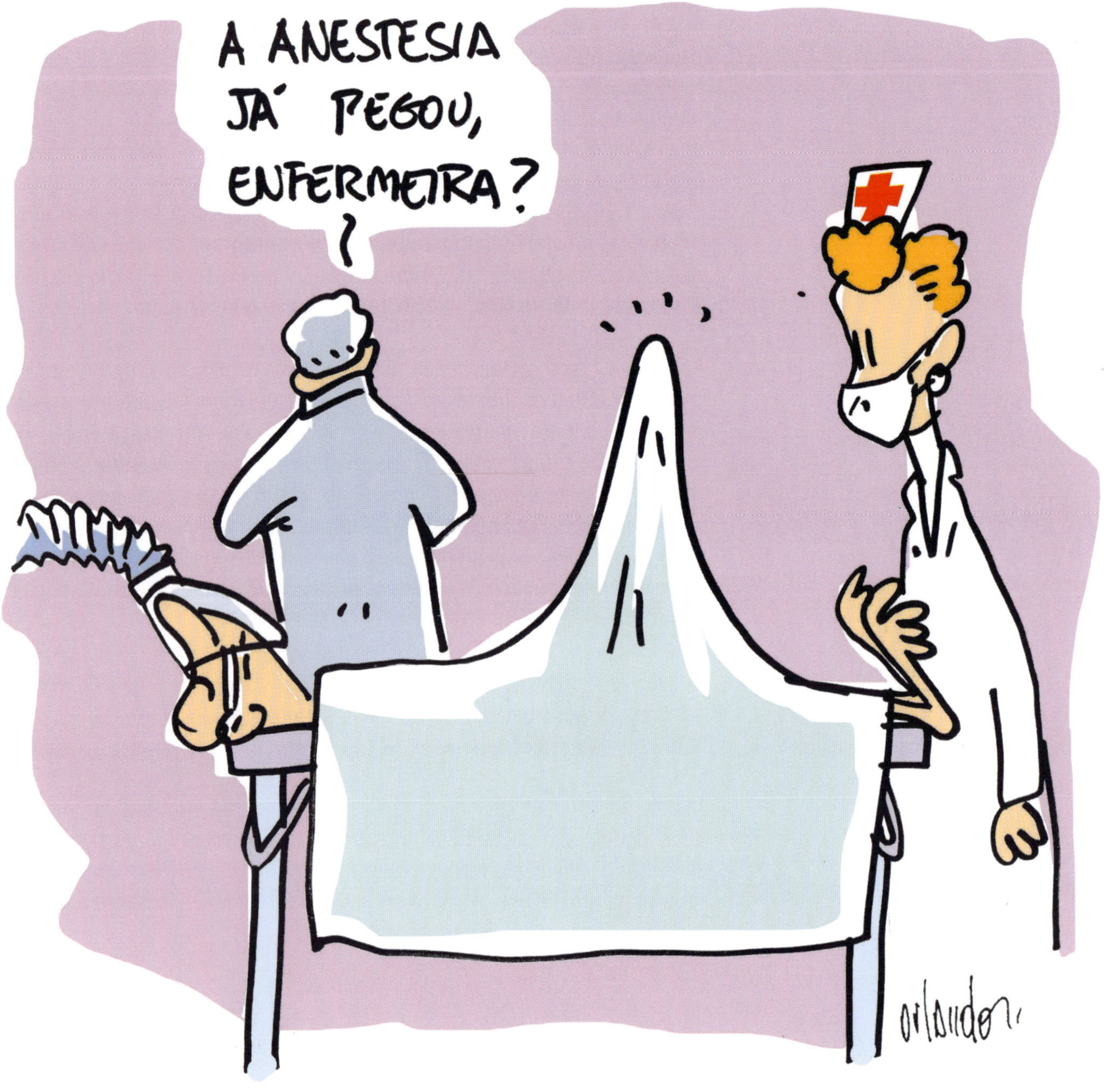
A ANESTESIA JÁ PEGOU, ENFERMEIRA?
orlando

O ACASO DO DR. VIRAG

Um ano antes dessa demonstração pública de Giles Brindley, o cirurgião francês Ronald Virag estava operando em sua clínica parisiense e, por engano, injetou a substância papaverina, que tem efeito relaxante, em uma artéria que alimentava diretamente o pênis do paciente. O membro reagiu com uma ereção de duas horas, enquanto seu proprietário estava ainda sob efeito da anestesia. O cirurgião chegou a publicar um artigo no jornal de medicina britânico Lancet, sobre os efeitos da Injeção intracavernosa de papaverina na falência erétil, depois de testar a droga em 30 homens despertos, todos impotentes, e obter os mesmos resultados. Mas o artigo passou despercebido até a demonstração de Brindley, no congresso anual da sociedade urológica.

Depois daquele outono de 1983, em Las Vegas, o tratamento da impotência nunca mais seria o mesmo. Os urologistas de todo mundo passaram a receitar a injeção a seus pacientes. A papaverina, utilizada por Virag, era a preferida.

A droga utilizada por Brindley causava horas de priapismo e com o uso continuado também produzia fibrose dos tecidos. Não demorou para que descobrissem que a papaverina isolada também podia levar ao priaprismo. Os pesquisadores saíram atrás de outras substâncias que pudessem surtir efeito sem causar danos ou constrangimentos ao membro masculino.

Experimentaram uma variedade de formulações e em 1996 conseguiram aprovar a primeira droga injetável para disfunção erétil, uma combinação de papaverina, fentolamina e prostaglandina E-I denominada alprostadil. Em 1997 surgiria um gel feito de formulação parecida, o *muse*, sigla de *medicated urethral system for erection*, para ser aplicado diretamente na uretra. Ambas perderiam mercado para o Viagra, lançado no ano seguinte.

A ERECÇÃO POR DENTRO

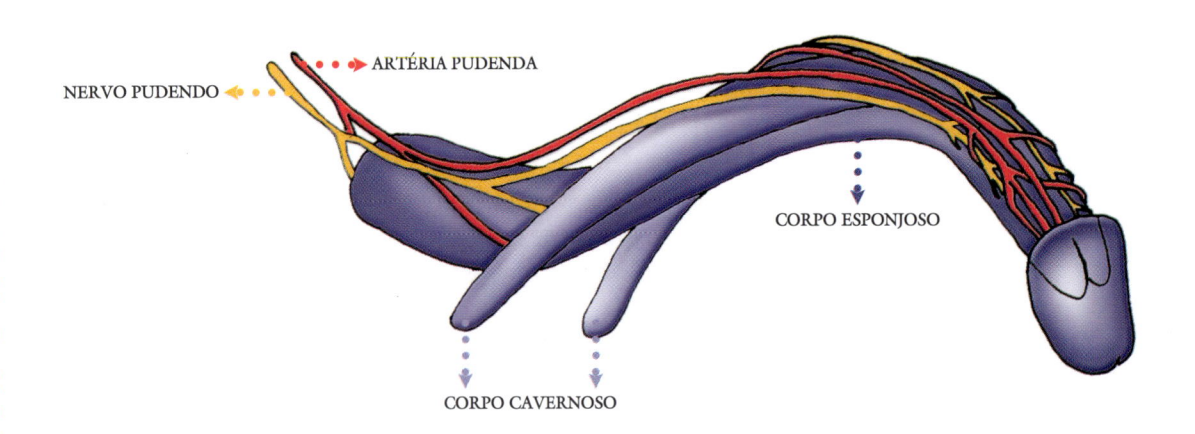

ilustração lucas shirts

- NERVO PUDENDO
- ARTÉRIA PUDENDA
- CORPO ESPONJOSO
- CORPO CAVERNOSO

O PÊNIS EM ESTADO FLÁCIDO
As arteríolas que drenam o sangue são visíveis dentro dos sinusóides - as câmaras dos corpos cavernosos.

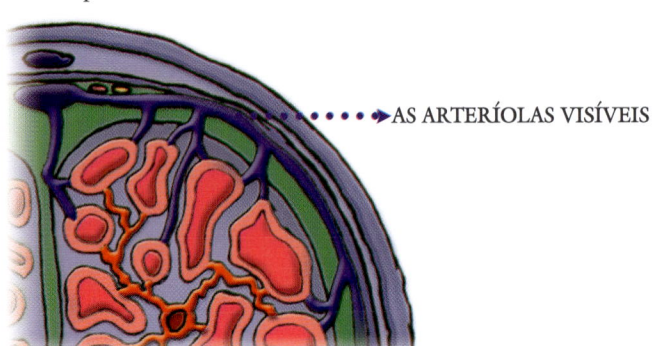

AS ARTERÍOLAS VISÍVEIS

AS ARTERÍOLAS "EMPAREDADAS"

O PÊNIS EM EREÇÃO
O processo de oclusão venosa que esconde as arteríolas ao prensá-las contra "a parede" da musculatura lisa que reveste os corpos cavernosos.

A OCLUSÃO VENOSA

Os experimentos de Giles Brindley e Ronald Virag, os dois descobridores da injeção peniana, foram fundamentais para elucidar completamente os mecanismos da ereção. Antes deles, os urologistas sabiam que a função erétil mobilizava o cérebro por meio de sinais neurológicos e que estímulos nervosos faziam aumentar o fluxo sanguíneo para o pênis. Também era conhecido o papel da artéria cavernosa, responsável pelo transporte do sangue para o interior do pênis e das arteríolas, os vasos que irrigavam os corpos cavernosos drenando o sangue para dentro e para fora. Era sabido ainda que o tecido muscular liso que compunha os corpos cavernosos formava uma malha de espaços vazios, denominada sinusóides. E que esses cilindros penianos eram envolvidos por uma membrana rígida de tecido, chamada túnica albugínea.

O que todos desconheciam e os experimentos de Brindley e Virag esclareceram era o mecanismo que viabilizava a ereção. O relaxamento das células da musculatura lisa permitia ao sangue invadir os espaços sinusóides. Uma vez encharcadas de sangue essas diminutas câmaras expandiam comprimindo as arteríolas, que espremidas "contra a parede" da musculatura lisa ficavam impedidas de continuar drenando o sangue para fora dos corpos cavernosos.

Os urologistas chamam este processo de oclusão venosa. Sem o relaxamento da musculatura lisa ele não acontece. O sangue entra no pênis mas não fica retido. É esta a causa da maioria dos casos de disfunção erétil.

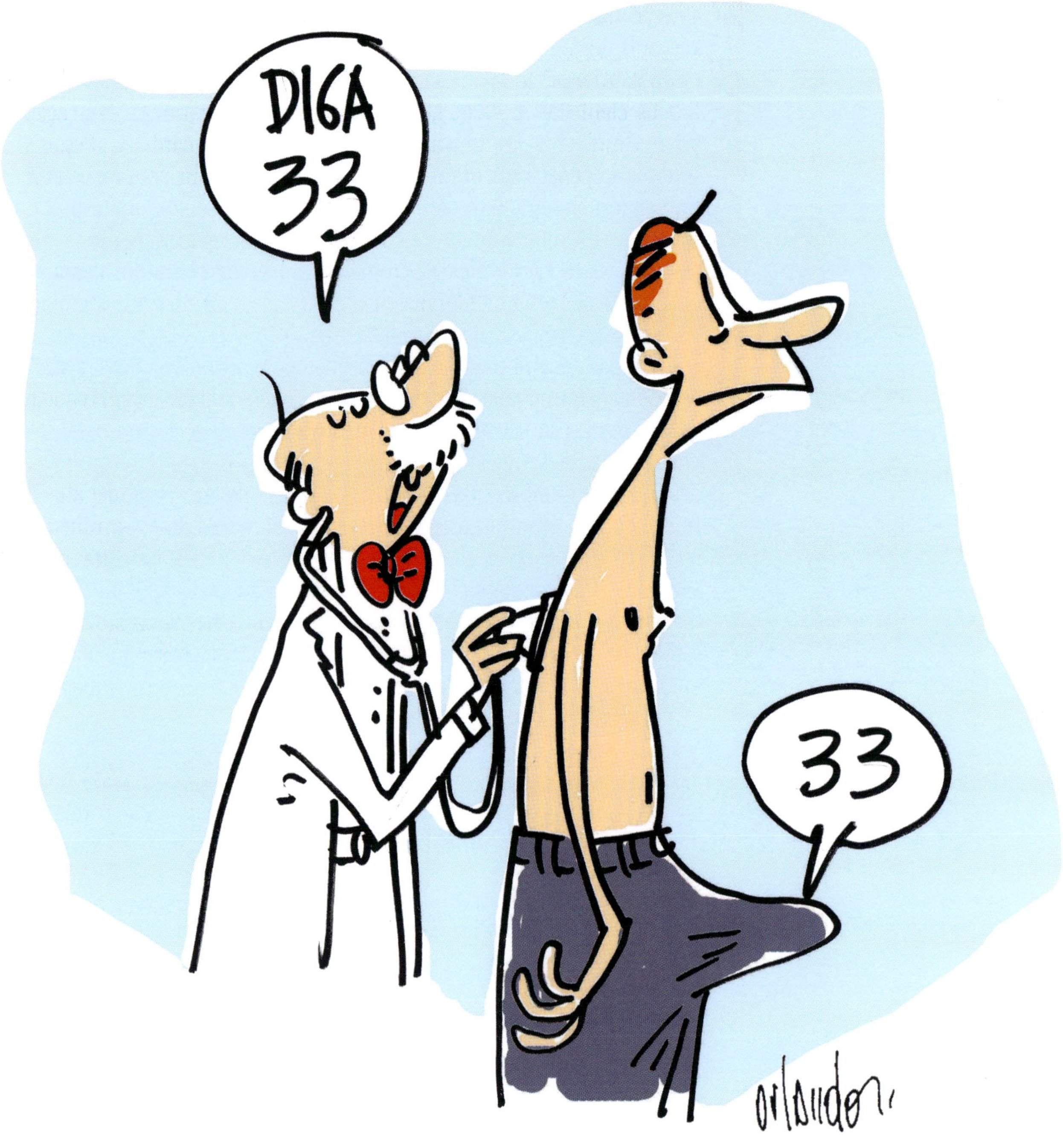
DIGA 33
33
orlando

O ACASO DO DR. OSTERLOH

Faltava aos cientistas descobrir, a essa altura, o que fazia a musculatura lisa relaxar. Quais eram os neurotransmissores responsáveis por iniciar todo o processo. A descoberta do papel do óxido nítrico no relaxamento das células da musculatura lisa dos corpos cavernosos foi feita no início dos anos 90, depois que os cientistas Furchgott, Ignarro e Murad[4] identificaram a ação dessa mesma molécula no relaxamento do músculo liso cardíaco. Pesquisadores americanos juntaram uma coisa com a outra, foram verificar e eureka!, a mesma molécula agia dentro do pênis.

Alheia a tudo isso, a equipe de pesquisadores da Pfizer, na Inglaterra, liderada pelo cientista Ian Osterloh e pelo químico Simon Campbell, testava um novo composto para aliviar a dor no peito causada pela angina, doença que decorre da irrigação deficiente do coração. A idéia era testar suas propriedades vasodilatadoras sobre as artérias que levam sangue ao coração, o que poderia melhorar a circulação e aliviar a dor da angina.

O composto desenvolvido pela equipe era o citrato de sildenafil. Não se mostrou eficaz e os cientistas estavam desistindo dos testes, em fins de 1992, quando o acaso os levou também a juntar uma coisa com a outra. Os homens submetidos ao tratamento, três comprimidos diários, tinham relatado um efeito singular e totalmente inesperado do composto. Ele produzia ereções. A equipe não atinou de início sobre o que fazer com a informação. Não tinha dados sobre a condição anterior desses indivíduos, quanto à impotência, que permitissem associações científicas.

Mas pesquisadores americanos estavam divulgando nesse exato instante os seus achados sobre o papel do óxido nítrico na ereção, como relaxador da musculatura lisa. O sildenafil inibia a ação de uma enzima "broxante", vamos dizer assim. A hoje famosa *PDE-5* (do inglês *Phosphodiesterase Type 5*). Sem ela, o efeito do óxido nítrico exacerba. Os testes com o sildenafil começaram assim, a partir de uma coincidência feliz entre descobertas isoladas. Os resultados, como sabemos todos, foram promissores.

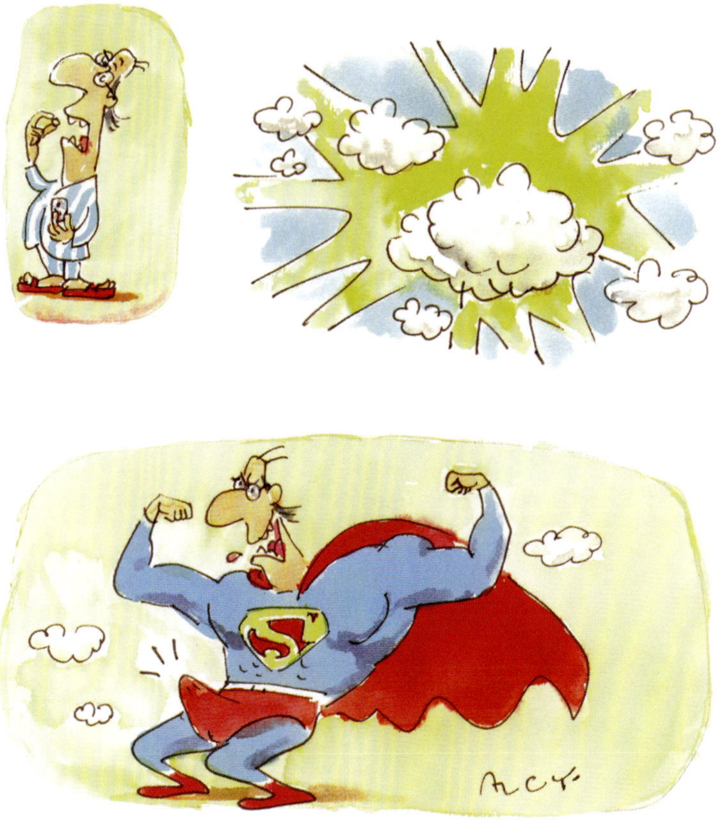

GUERRA DE ENZIMAS

O citrato de sildenafil era uma droga sutil. Ela não levantava o pênis de forma desconectada do cérebro, como faziam as injeções penianas de Brindley e Virag. Não inflava o membro de forma mecânica, como se enche um pneu furado ou se hasteia uma bandeira. A participação do desejo ou vontade de seu proprietário era fundamental para que fizesse efeito, como na vida real. A maioria dos 4 mil homens testados inicialmente pela Pfizer tinham problemas variados de ereção na vida real, associados a causas físicas ou psicológicas. Os efeitos do sildenafil sobre a disfunção erétil se mostrou eficiente em 80% dos casos, graças a sua ação inibidora da enzima "broxante" *PDE-5*, que tem propriedades vasoconstritoras. Esta enzima faz parte do mecanismo de funcionamento do pênis. Está ali para mantê-lo flácido no dia-a-dia e inibir sua manifestação em situações socialmente contra-indicadas para uma ereção como, por exemplo, a que o escritor Mario Prata descreve na crônica que abre este capítulo - A PRIMEIRA VEZ A GENTE NUNCA ESQUECE -, em que ele toma o Viagra à caminho de casa... e, ao chegar, depara ainda na calçada com a cena da gatinha de 14 anos, moradora do mesmo edifício, de shortinho...

A *PDE-5* sai de cena quando o desejo aparece, abatida por outra enzima denominada monofosfato de guanosina cíclico ou simplesmente MPGc, substância diretamente responsável pelo relaxamento da tal musculatura lisa dos corpos cavernosos. Os cientistas americanos tinham acabado de descobrir que a liberação de óxido nítrico pelo sistema nervoso autônomo aumentava o nível de MPGc no pênis para relaxar a musculatura lisa e viabilizar assim a ereção. Lendo os estudos americanos, os pesquisadores perceberam que tinham a faca e o queijo nas mãos, como se diz, para acabar com essa guerra entre enzimas broxantes e excitantes. Foi o que fizeram.

JUNIÃO.

AMPLO ESPECTRO

O urologista norte-americano John Mulhall, professor da *Cornell University*, de Nova York, conhecido mundialmente por seus estudos zsobre os tratamentos da disfunção erétil, afirma com base em sua ampla experiência clínica que o sildenafil resolve 65% dos casos."Ele tem efeito sobre uma gama variada de condições patológicas associadas à disfunção sexual, com exceção de certos tipos de diabetes e logo após a prostatectomia radical", diz Mulhall. A recuperação da ereção em pacientes operados de câncer de próstata que tiveram a glândula extraída, cirurgia denominada de prostatectomia, varia de seis meses a um ano, segundo o urologista. O empresário Octávio Mendes, 60 anos, de São Paulo, figura nessa estatística. Depois de um ano da cirurgia radical que sofreu, para extrair a próstata por causa de um câncer, ele recuperou completamente a ereção com o Viagra."Ela voltou com a mesma qualidade de antes", ele diz. Sua companheira de dez anos confirma.

O sildenafil pode ser usado por pacientes com história de ataque cardíaco ou angina, acrescenta John Mulhall, citando os estudos científicos recentes que confirmaram a segurança e eficiência da substância para esses pacientes.

A medicação é absolutamente contra-indicada para indivíduos que utilizam nitratos para tratar problemas cardíacos, seja ele sob a forma de pílula, adesivo, spray ou creme. A combinação das duas drogas eleva a pressão sanguínea a níveis perigosos para o músculo cardíaco.

Homens com doenças cardiovasculares significativas são aconselhados a não usar a medicação sem acompanhamento médico especializado. O dr. Mulhall inclui nesse grupo os pacientes com episódio recente de ataque cardíaco ou derrame, nos últimos três meses; quem tem pressão alta e mal controlada; ou sofre de angina também mal controlada.

OS JOVENS VÃO À FARMÁCIA...

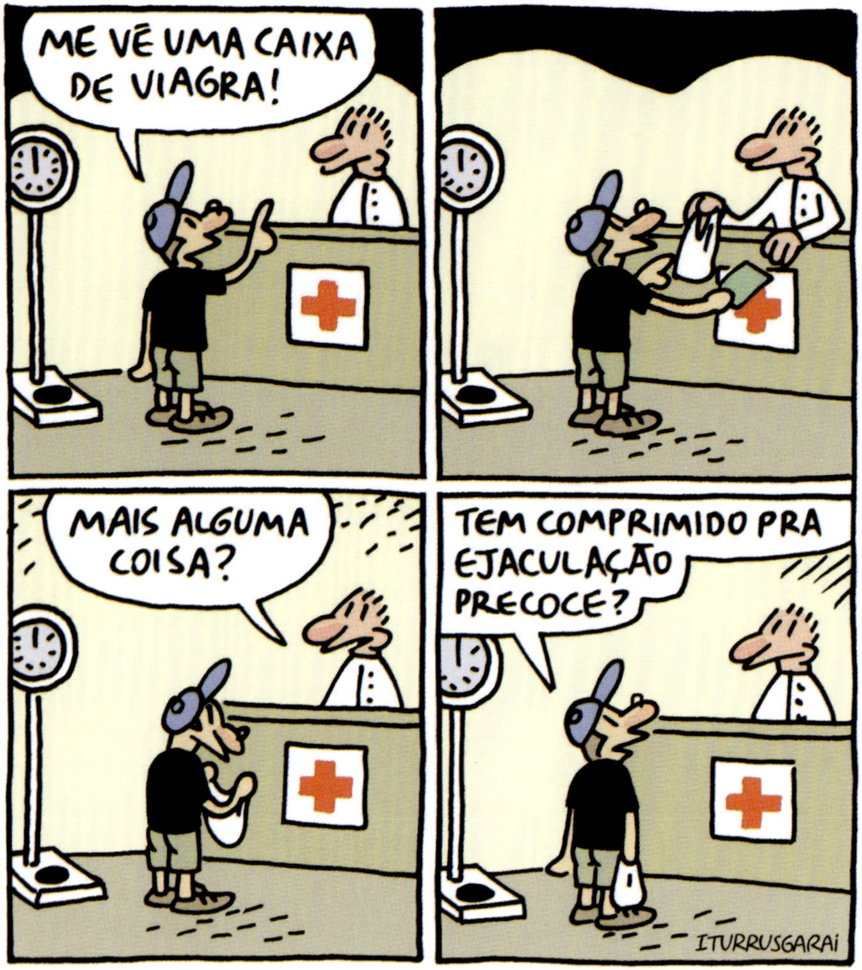

VIAGRA E SORVETE DE CASQUINHA

crônica / MATTHEW SHIRTS

Há uma cena antológica no livro "O verão de 42", de Herman Raucher, e também na adaptação para o cinema, em que o personagem principal, o adolescente americano Hermie, contemplando a possibilidade de perder a virgindade com uma mulher um pouco mais velha, entra na farmácia para comprar o que devia ser o único contraceptivo da época (Segunda Guerra), uma camisinha. Mas na penúltima hora falta-lhe coragem e, em vez de camisinha, pede um sorvete de casquinha, para o homem atrás do balcão.

Muitos brasileiros, sobretudo os mais jovens, desconhecem o fato mas existiu também no Brasil este modelo simpático de farmácia que ostentava um balcão de lanchonete. O meu amigo professor Antônio Pedro, mais conhecido como Tota, lembra com saudades de ter sorvido suculentos milkshakes e banana splits na Drogadada, da 24 de Maio, em São Paulo, sempre que vinha para a cidade com a mãe para ir ao dentista. Não sei por que tiraram as lanchonetes das farmácias, tanto nos Estados Unidos como aqui. É uma pena. Por aqui, ao menos, a lanchonete da farmácia foi substituída pela padaria; nos Estados Unidos foi trocada pelas redes de fast-food, menos simpáticas.

Mas como vinha dizendo, o Hermie, do "Verão de 42", sem coragem para pedir a camisinha, isto na pequena cidade praieira onde passava o verão, opta pelo sorvete. Alguns minutos desajeitados depois, momentânea e novamente imbuído de iniciativa, volta-se para o farmacêutico e balbucia um novo pedido... chocolate granulado no sorvete. E assim vai. Até que, enfim, cria coragem e consegue pedir a camisinha.

A primeira vez que comprei Viagra aconteceu algo semelhante comigo. Escolhi a farmácia a dedo. Não poderia ser perto de casa, pensei, e seria melhor uma rede grande e impessoal do que uma farmácia pequena e familiar, pelo menos na minha cabeça. Rondei o estabelecimento escolhido durante uns 20 minutos, indo e vindo pela calçada. (É ridículo, sei, mas fazer o quê?). Queria encontrá-la vazia. Quase entrei antes, mas tive que bater em retirada quando uma jovem - e bonita - mãe chegou acompanhada do filho pequeno para comprar leite Nanon e fraldas. Mesmo que falasse baixinho não conseguiria pedir Viagra na frente dela. Estava em dúvida, aliás, se preferia pedi-lo para uma balconista mulher ou para um homem. Concluí que preferia não pedir para ninguém. Por que será que não deixam o Viagra para o próprio freguês pegar, ali mesmo no corredor, como fazem com a aspirina, a pasta de dente e as camisinhas (hoje em dia a vida do Hermie seria mais fácil, diga-se de passagem)? Aí seria só ir enchendo uma cestinha com um pouco de cotonetes, xampu, Listerine, sabonetes e outros produtos de gente zelosa da própria higiene antes de incluir nas compras rotineiras, como quem não quer nada, um remediozinho para pau mole (que ninguém é de ferro...).

Tudo isto passou pela minha cabeça durante os 20 minutos em que rondei a farmácia na esperança que se esvaziasse. Aprendi, ali, um dado novo da sociologia de São Paulo: a razão de tantas farmácias na cidade. É porque vivem cheias. Aquilo não ficava vazia nunca. Era só sair o último freguês que entrava outro.

Quando finalmente alcancei o balcão me deparei com uma jovem funcionária e, diante do incômodo da situação, só consegui balbuciar uma única palavra. (Talvez este seja um bom momento, aliás, para esclarecer que não me considero portador de disfunção erétil. Mas a idéia de voltar aos meus tempos de garotão e mergulhar no sexo oposto sem sequer me preocupar com um fracasso -- ou semi-fracasso -- parecia prazerosa demais para deixar de experimentar o "wonderdrug", pelo menos uma vez).

-Vi-a-gra, enunciei, com dificuldade.

Ao que a balconista respondeu, sem titubear:

-De 25, 50 ou 100?

-Só quero um, é apenas para experimentar.

-Não, senhor, 25, 50 ou 100 miligramas? O medicamento é apresentado em embalagem de quatro comprimidos.

Não estava preparado para essa pergunta. Tive que pensar rapidamente no significado da minha resposta. Cem miligramas seria para um órgão sexual mais avantajado e 25 para um menorzinho? Ou a dosagem maior se destinava aos mais broxas? Na dúvida, falei 50, para não chamar atenção, e a jovem saiu para os fundos da farmácia.

Os minutos seguintes foram longos. Enquanto eu esperava no balcão apareceu uma senhora de meia idade ao meu lado e me deu um olhar cúmplice. Parecia cúmplice, ao menos. Será que ela sabia? Era óbvio? Aí apareceu outra, um pouco mais jovem, acompanhada do pai, velhinho. Não era possível. E, como se não bastasse, vi que vinha voltando, lá da entrada, a jovem e bonita mãe com o filhinho, juro, deve ter esquecido de comprar alguma coisa, hipoglós, sei lá. Sabia que daí a segundos, no máximo minutos voltaria a balconista com meu - tão falado - remédio. E que todo mundo iria olhar para a caixa. A minha situação ia de mal a pior. A esta altura havia já um pequeno multidão à espera da única balconista naquela farmácia. Precisava tomar alguma providência. Foi aí que tive a idéia, foi o velhinho que me deu, juro.

Quando chegou a balconista com a caixa do remédio - que fazia questão, malandramente, de deixar à mostra de todo mundo - disse, rápido:

"Obrigado, meu bem, meu pai vai ficar muito feliz".

*Matthew Shirts. Colunista de O Jornal Estado de São Paulo. Escreve crônicas às segundas feiras para o caderno 2. É editor-chefe da revista National Geographic.

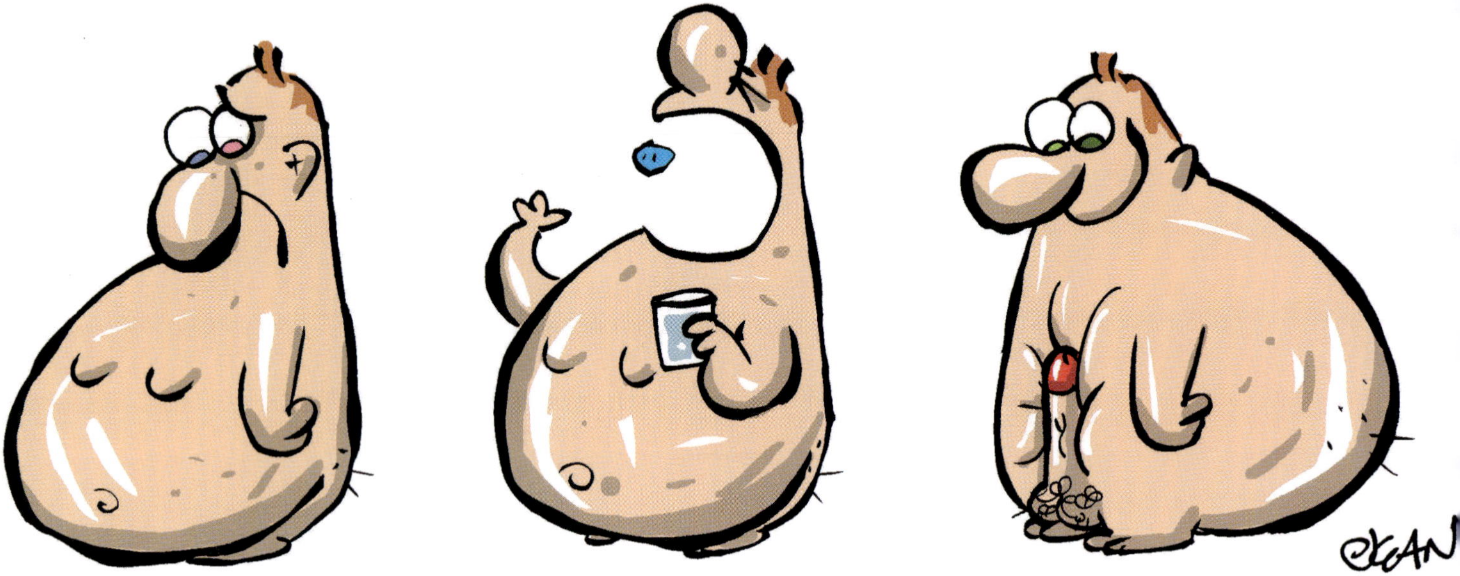

CAPÍTULO.04

o sexo depois do Viagra I

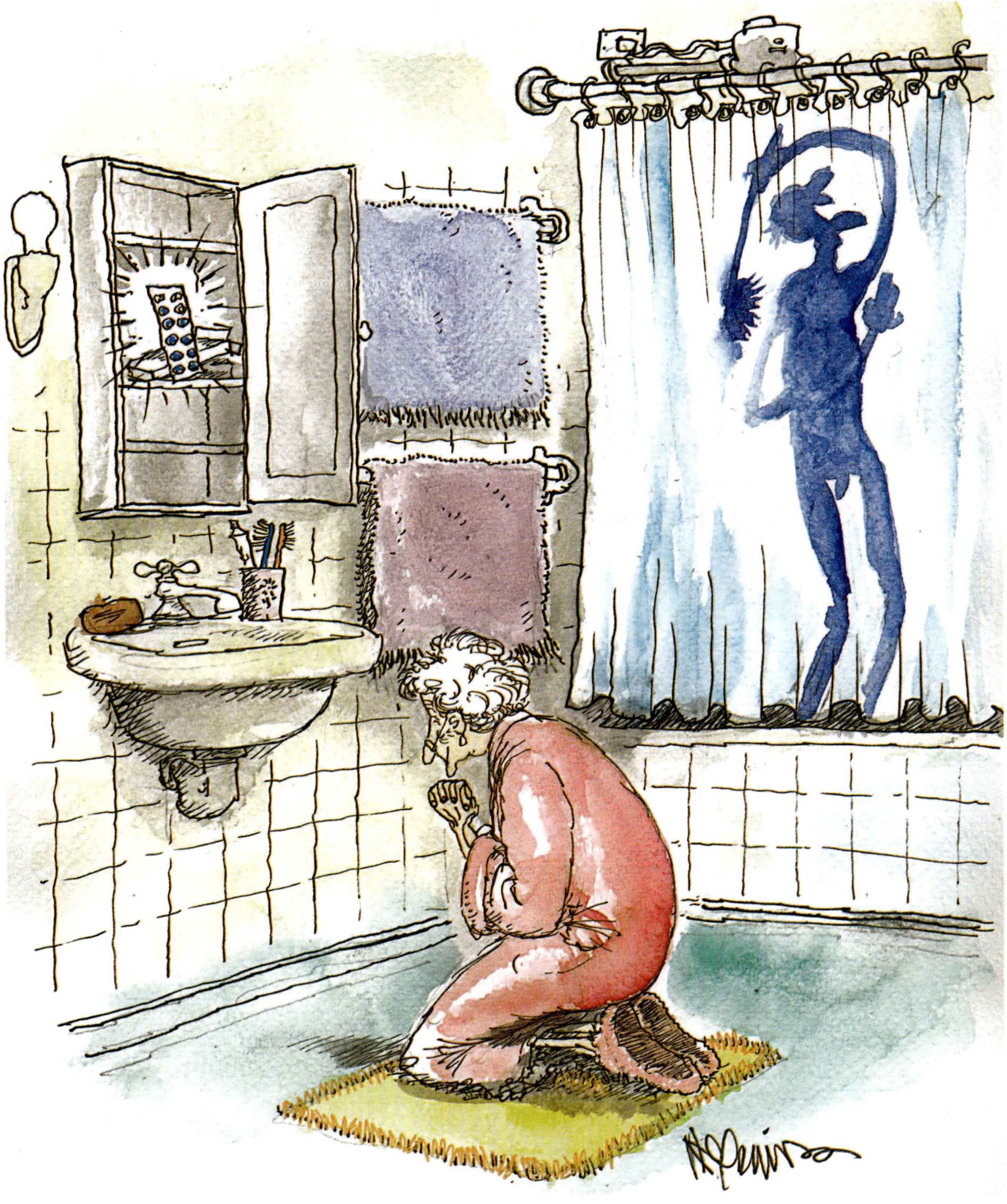

crônica / RUY CASTRO

EREÇÕES DIRETAS

Era inevtável que isso acontecesse. Assim que o Viagra foi posto à venda nos Estados Unidos, milhões de americanos começaram a tomá-lo como se ele fosse drops. Até aí, tudo normal, embora não passasse pela cabeça de ninguém que, num país que produziu John Wayne e ganhou duas guerras mundiais, houvesse uma tão monumental população de impotentes. Mas o pior é que esses milhões de broxas, digo usuários da pílula, estão apresentando a conta aos planos de saúde. Eles querem ser reembolsados pelos seus gastos com ela.

É claro que os ditos planos de saúde estão tiriricas com a história e se recusando a fazer os reembolsos. Eles alegam, que, embora uma parcela desses milhões possa realmente estar tomando a pílula para resolver um problema crônico, a maioria atirou-se à pílula apenas para melhorar o desempenho sexual. Ou seja, em vez de dar uma, ainda que meia-bomba, pensa que dará duas. Os planos de saúde decidiram só reembolsar aqueles que puderem comprovar, com atestado médico, que não têm uma ereção decente desde, pelo menos, 1983, ou por aí. E, mesmo assim, os planos estão impondo outra condição: só se responsabilizam por seis pílulas por mês. Ou seja, o feliz candidato que preencher os requisitos terá direito a 1,5 ereção por semana.

Nesse ponto, quem não gostou nada foi o fabricante da pílula. Baseados em estatísticas, os diretores do laboratório protestaram afirmando que a cota de seis pílulas/mês é irreal e arbitrária. Segundo eles, 41% dos americanos têm oito relações sexuais por semana, geralmente às quartas e sábados, entre 10 e 11 horas da noite, durante aproximadamente 15 minutos cada uma, do momento em que o homem pisca o olho para a mulher até aquele em que ele acende o cigarro ou se vira para o canto e ronca. Como continuar cumprindo esse minucioso ritual com apenas uma pílula e meia por semana?

Os planos de saúde rebateram dizendo que não têm nada com isso e que não estão aí para financiar proezas sexuais de homens psicologicamente desajustados. Aliás, esse é outro ponto em que os planos de saúde estão batendo firme: não querem ser responsáveis pelo tratamento de impotências psicológicas. Para eles, só pode ser considerado impotente o sujeito que, por uma causa médica, é incapaz de ter uma daquelas ereções dignas de um óleo

de peroba. E até dão exemplos dessas causas: com todo o respeito, varizes escrotais, vasos entupidos ou sangue que não consegue ser bombeado e encher os corpos cavernosos.

Ao ouvir isso, os psicólogos lançaram um manifesto defendendo a impotência psicológica como legítima e como a causa mais freqüente das disfunções sexuais. Dizem eles que a esmagadora maioria de seus pacientes tem problemas de ejaculação precoce e incapacidade de ereção devido a traumas de infância envolvendo seus pais, avós e até bisavós. Ou seja, esses pacientes não têm culpa de ser impotentes e, por isso, deveriam se beneficiar dos planos. Se bem que, acrescentam os psicólogos, de nada adiantará ao sujeito resolver artificialmente seu problema de impotência - porque, com ou sem ereção, ele continuará proibido de transar com a bisavó.

É cedo para prever como terminará a história. Por enquanto, sabe-se apenas que, somente em abril último, quando o Viagra foi lançado, os americanos atiraram-se a ele à razão de 6 pílulas por segundo. Embora ninguém desconfiasse, havia um deficit de 30 milhões de ereções diárias nos Estados Unidos! E que, agora, graças ao Viagra, estão se realizando gloriosamente. É um boom de ereções.

Os homens americanos estão andando pela rua de cabeça erguida e outros membros também erguidos. É uma festa. Mas não se preocupe. A paranóia americana não demorará a acabar com ela.

Ereções Diretas foi publicada na extinta revista Manchete em 16/05/1998, um mês antes do lançamento do Viagra no Brasil. Ruy Castro é jornalista e escritor, autor de vários livros. Alguns deles: O Anjo Pornográfico - a vida de Nelson Rodrigues e Estrela Solitária - um brasileiro chamado Garrincha; Carnaval no Fogo - uma crônica da história do Rio de Janeiro; Chega de Saudade - a história e histórias da Bossa Nova; Adestrando Orgasmos. Seu novo livro é Carmem, uma biografia de Carmem Miranda [Cia. das Letras].

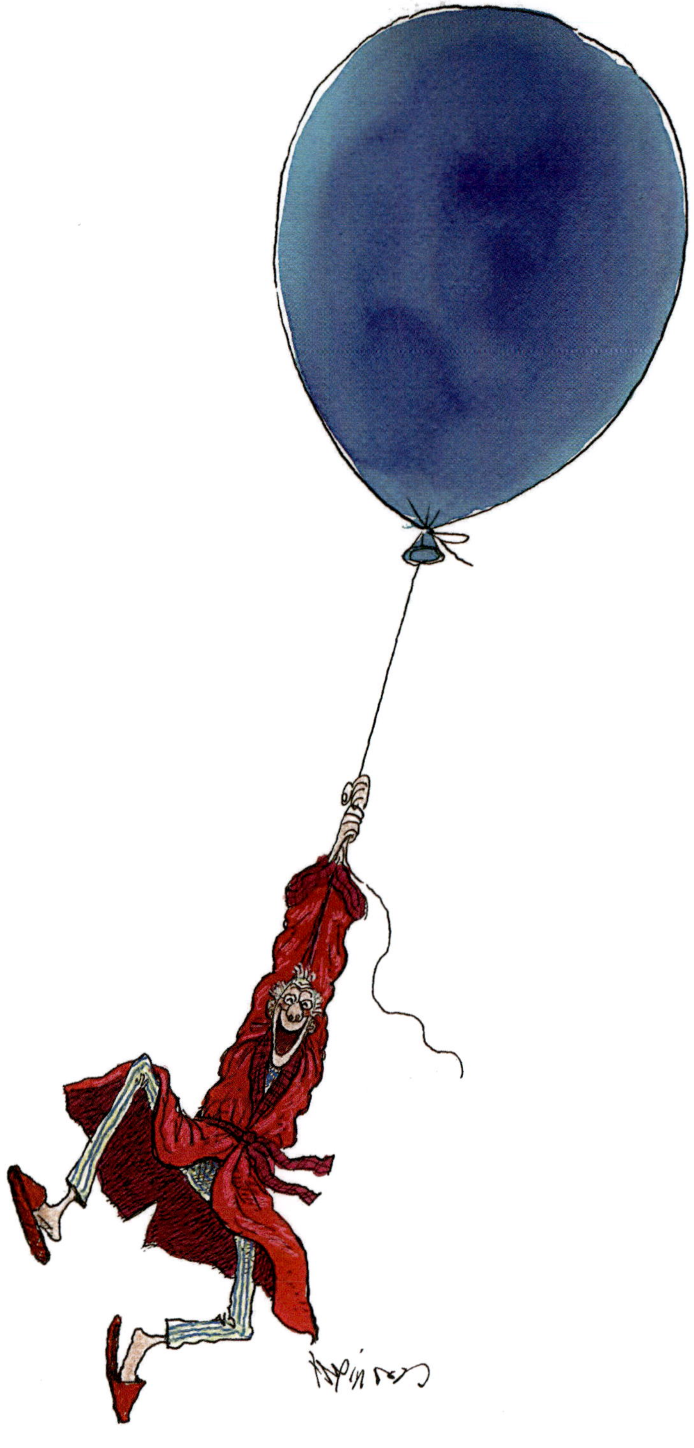

GRANDE EUFORIA

O primeiro comprimido restaurador da ereção chegou ao Brasil em abril de 1998. A PÍLULA MILAGROSA resolvia até 80% dos casos de impotência sexual, dizia a chamada de capa da revista VEJA, de 1º de abril. E era verdade, apesar da data ingrata. Os estudos realizados pela Pfizer mostravam que o Viagra resolvia a maioria dos casos de disfunção erétil leve e moderada.

O remédio já fazia sucesso nos Estados Unidos, onde o número de consultas aos médicos urologistas, por parte de homens de meia idade, praticamente dobrara com o seu lançamento. Jovens saudáveis e mulheres também queriam experimentar a novidade.

Era grande a euforia. A ereção, ou melhor, a falta dela, antes um assunto tabu, escondido a sete chaves, passaria a ser tema de propaganda de TV, no horário nobre. O termo disfunção erétil cairia em domínio público. Os homens não tinham mais o que temer. A sua maior fragilidade tinha finalmente solução. Bastava consultar um médico. Eles fariam mais sexo, sem dúvida. Até hoje, já foram consumidas 1 bilhão e 280 milhões de pílulas só do Viagra no mundo todo. Sem contar o Levitra e o Cialis, os dois outros comprimidos para disfunção erétil lançados em 2003.

Sexo e contabilidade não combinam. Que o digam as mulheres. Neste mesmo ano de 1998, quando apareceu a primeira solução medicamentosa eficaz para a disfunção erétil, elas estavam demandando mais sexo. Mas sexo bom, de qualidade, com direito, por exemplo, a orgasmo vaginal. Algumas, para chegar lá começavam a fazer até cursos. Era o que informava a revista de domingo da FOLHA DE SÃO PAULO, um dos grandes diários da capital paulista, em sua reportagem de capa - ORGASMO A QUALQUER CUSTO[1]: "A rotina no casamento ou vontade de se divertir estimulam as mulheres a trocar o divã por "cursos de orgasmo", aeróbica por exercícios sexuais e produtos de beleza por cremes eróticos", afirmava a revista. Era só o começo.

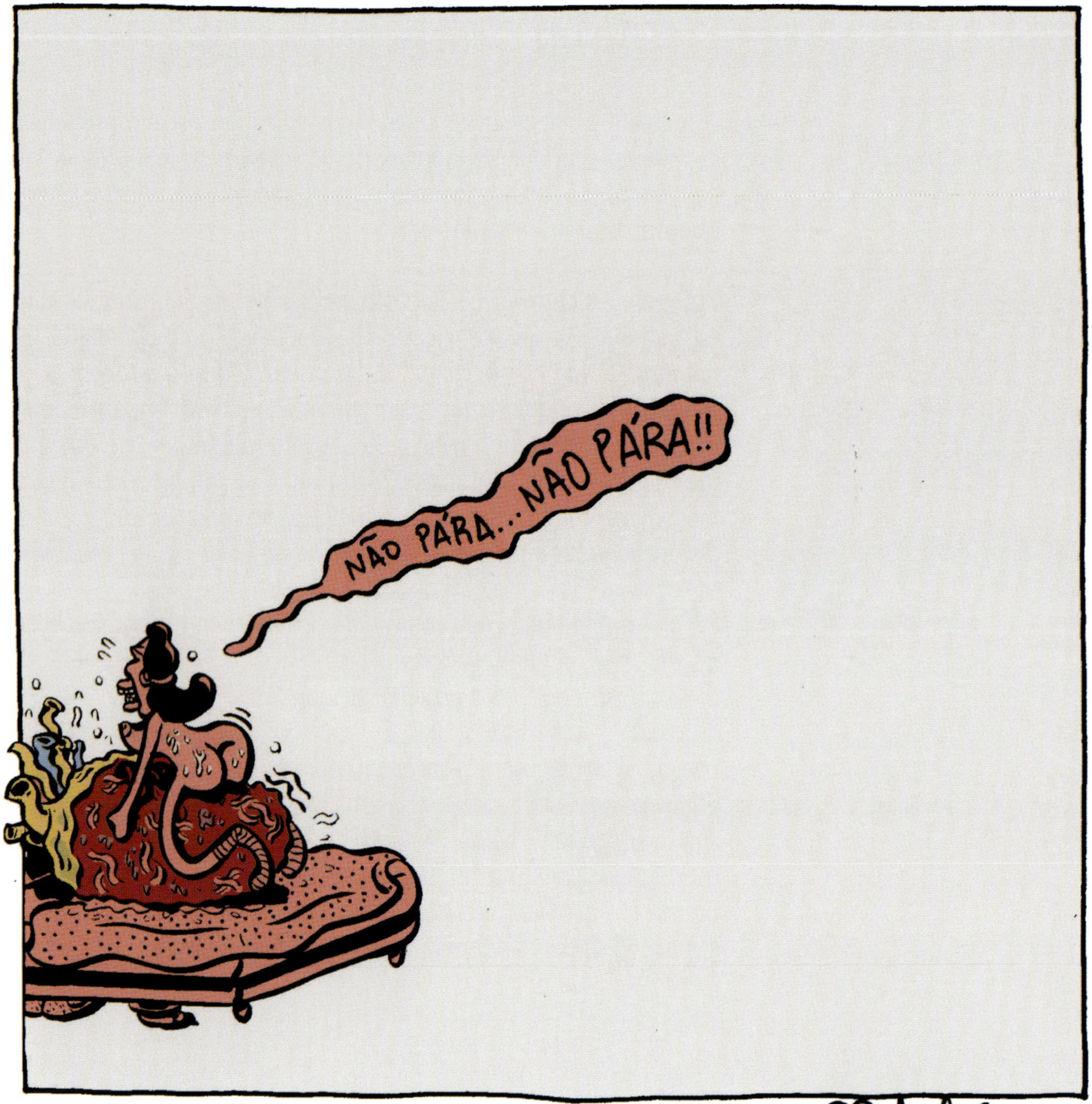
NÃO PÁRA... NÃO PÁRA!!

ORGASMO A QUALQUER CUSTO

Nos Estados Unidos, elas experimentariam o Viagra e empreenderiam pesquisas atrás de opções farmacológicas e alternativas para o tratamento de problemas sexuais que impediam a tão almejada experiência do orgasmo.

O cientista koreano Kwangsung Park, da Universidade de Boston, especializado em urologia e sexualidade, chegou a sugerir que o baixo influxo de sangue na vagina e clitóris diminuía a excitação e o prazer sexual das mulheres mais velhas da mesma forma que acontecia com o pênis.

Os problemas sexuais femininos podiam muito bem ser fisiológicos, observava Kwangsung, baseado em modelos animais. Ratinhos fêmeas.

A falta de consenso sobre o assunto levou terapeutas sexuais e médicos a se reunirem em um congresso internacional patrocinado pela *American Foundation for Urologic Disease*, em 1998 e a divulgarem, no final do encontro, um documento sobre a necessidade de pesquisas adicionais que pudessem definir o mapa das "disfunções sexuais" femininas.

As *disorders of sexual arousal*, como dizem os americanos, incluiriam dificuldade de atingir o orgasmo, falta de libido e dor durante a relação sexual.

A preocupação dos especialistas refletia a crescente demanda das americanas por terapias eficazes como a que os homens acabavam de conquistar com o Viagra.

Como diria a urologista Jennifer Berman, na ocasião: "A despeito dos passos dados nos últimos anos, a pesquisa sobre as disfunções sexuais femininas ainda deixam muito a desejar em relação aos avanços obtidos pelos homens, os quais, aliás, vêm há séculos tentando medidas desesperadas para resgatar seu vigor sexual."

O resultado negativo dos testes clínicos do Viagra com 3 mil mulheres, que vinham sendo feitos desde 1996, arrefeceu um pouco os ânimos dos cientistas interessados em mapear as "disfunções sexuais" femininas. O uso do Viagra pelas mulheres produzia efeito sobre a irrigação sanguínea vaginal mas a alteração poderia ou não levar ao orgasmo, concluíram os pesquisadores, em 2002.

"A maior dificuldade no campo de pesquisa das drogas para as "disfunções femininas" é a falta de conhecimento do processo", o urologista norte-americano Irwin Goldstein, da Universidade de Boston, um dos "papas" das disfunções sexuais, tinha dito dois anos antes à Folha de São Paulo, em reportagem de 09/01/2000. O dr. Celso Gromatzky, urologista do Hospital das Clínicas da Faculdade de Medicina da USP, diria à reportagem, na mesma data: "A disfunção sexual da mulher é uma síndrome. Tem várias causas desconhecidas. Pode ser provocada por educação reprimida, vergonha ou falta de experiência."

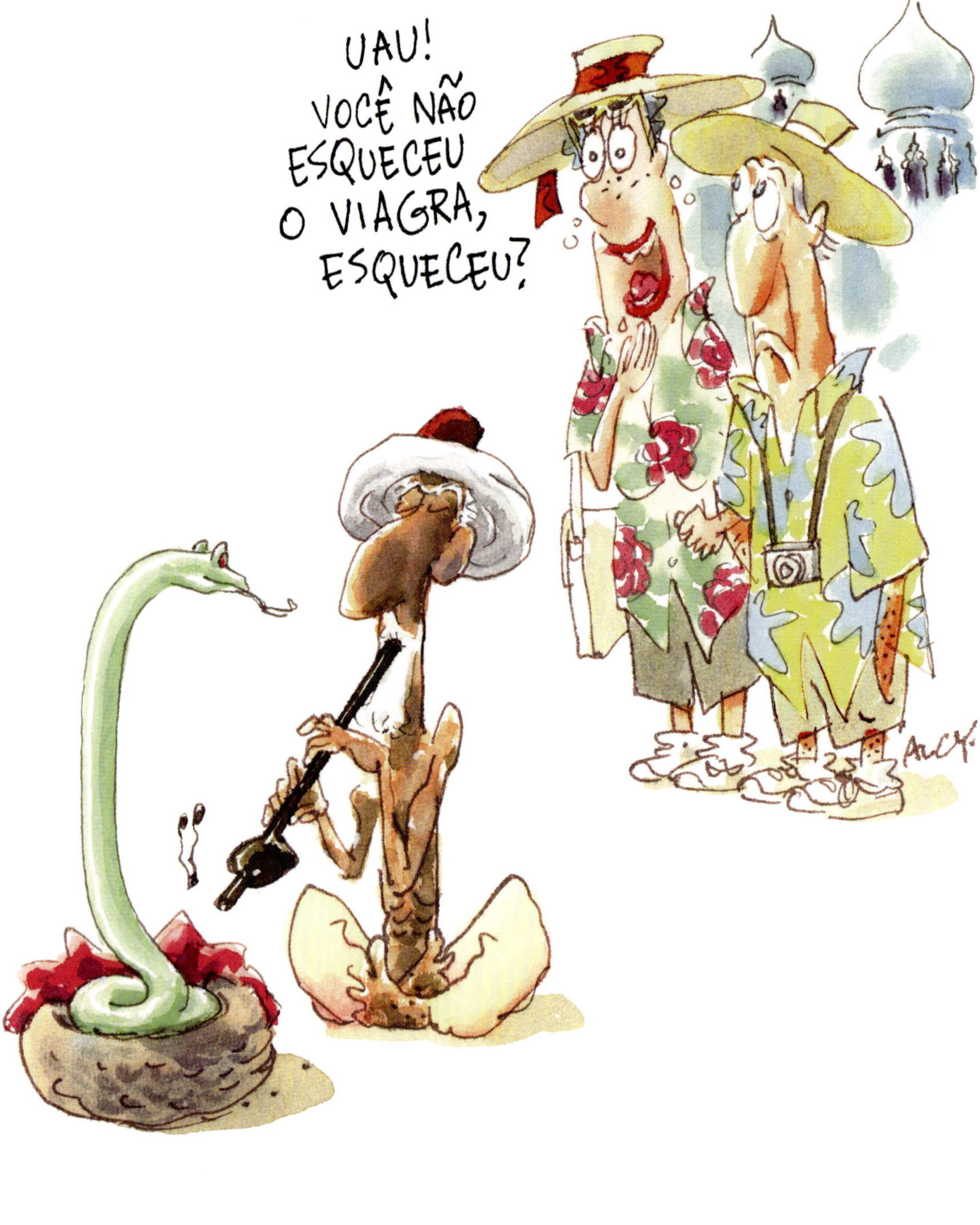
UAU!
VOCÊ NÃO
ESQUECEU
O VIAGRA,
ESQUECEU?
ALCY.

TERAPIA CLITORIANA

A busca por alternativas não farmacológicas de estimulação do orgasmo feminino, porém, deu um certo resultado. E dois anos depois do congresso internacional da *American Foundation for Urologic Disease*, em maio de 2000, a empresa *Urometrics*, de Minnesota, estado do meio oeste americano, conseguiu aprovar junto ao *FDA*, o órgão regulador de medicamentos, uma engenhoca à vácuo para estimulação do clitóris e redondezas, chamada EROS. O aparelho para terapia clitoriana, em inglês *clitoral therapy device*, foi testado com sucesso em 25 mulheres na fase de pré e pós menopausa, das quais 14 tinham problemas para atingir o orgasmo e 11 não apresentavam nenhuma dificuldade nesse sentido. As mulheres foram submetidas a exame clínico, antes, e sua história psicossexual foi investigada por sexólogos para descartar a existência de problemas emocionais ou de relacionamento associados à queixa sexual.

O estudo comprovou que o vácuo aplicado sobre o clitóris tinha o efeito colateral de aumentar a irrigação sanguínea na região da vagina, melhorando assim a lubrificação, a excitação e a intensidade do prazer feminino durante a relação sexual ou a masturbação. Para chegar a esses resultados o estudo utilizou um índice de eficácia da resposta feminina, o *Female Intervention Efficacy Index* (*FIEI*), elaborado pelas irmãs médicas Jennifer, a urologista já citada anteriormente e Laura Berman, terapeuta sexual. As duas são apresentadoras do programa sobre sexualidade feminina do *Discovery Health*, o *Berman and Berman: For Women Only*, retransmitido no Brasil com o título: SÓ PARA MULHERES.

As mulheres brasileiras estavam vivenciando outras experiências, menos tecnológicas, na busca pelo prazer do orgasmo, nessa época. Além de fazer cursos, elas partiam para a experimentação do sexo casual. A prática foi tema de várias reportagens nas revistas femininas e nas semanais de informação. Era mais comum entre as jovens de 20 a 35 anos, solteiras e independentes economicamente. Não que o romantismo não fosse importante, segundo elas, mas na falta dele, a prática sexual valia como diversão.

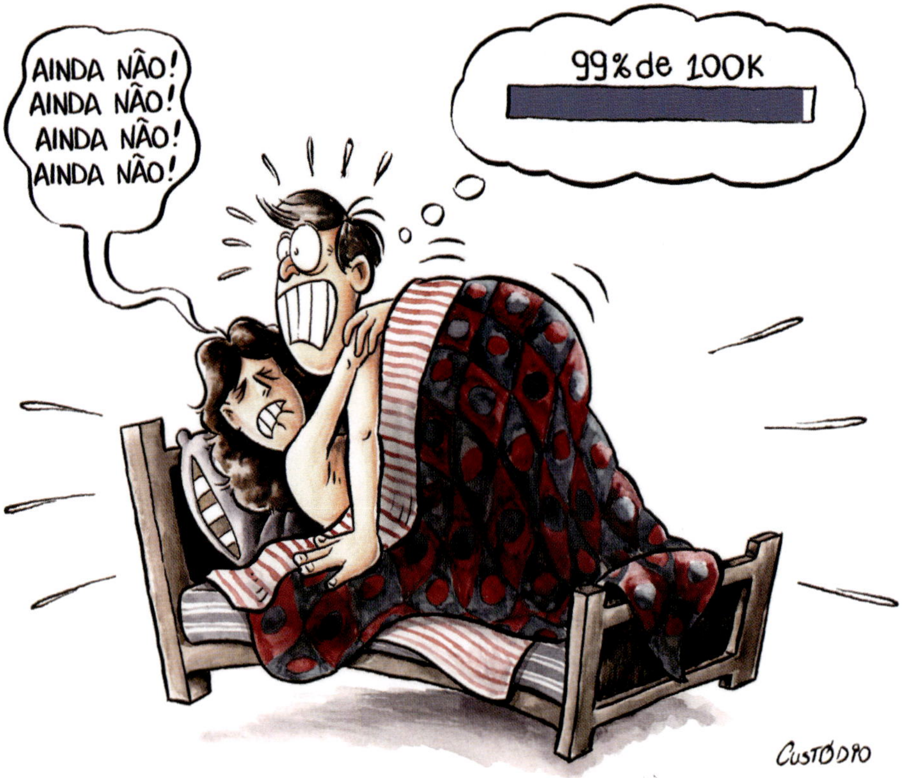
AINDA NÃO! AINDA NÃO! AINDA NÃO! AINDA NÃO!
99% de 100K
CUSTÓDIO

ANSIEDADE DE PERFORMANCE

O medo de não corresponder às expectativas de diversão feminina levaria os homens a desenvolver a chamada síndrome da "performance", como dizem os urologistas, e a usar o Viagra para compensar. "Os jovens tomam o remédio contra impotência por curiosidade, diversão e para não falhar na hora H", afirmava a reportagem de capa da revista Isto É, de 2002, sobre A FARRA DO VIAGRA[2]. Segundo a revista, a moda não era brasileira. Nos Estados Unidos, os jovens também abusavam do medicamento. "O uso de Viagra cresceu 84% de 1998 a 2002, e muito desse aumento se deve ao uso cada vez maior do medicamento por homens jovens", informava o *International Journal of Impotence Research*, de setembro de 2004. No mesmo mês, a revista eletrônica *American Medical News*, da Associação Médica Americana, divulgava a estatística de que as prescrições de Viagra para os homens de 18 a 45 anos de idade aumentaram 312% nos primeiros quatro anos de comercialização do medicamento. Entre os homens de 46 a 55 anos o crescimento foi de 216%.

"Enquanto elas temem ficar sozinhas, o grande temor masculino continua sendo o de falhar", diria a ginecologista Albertina Duarte, estudiosa da sexualidade dos jovens, em entrevista à revista ÉPOCA[3], em julho de 2005, a propósito do uso do Viagra pelos homens mais jovens, que continuava em expansão. Uma pesquisa divulgada pela revista VEJA no mesmo mês, intitulada INSEGURANÇA NA HORA H, sobre o desempenho sexual de 8 mil homens de oito países, entres eles alguns da Europa, além do México, Canadá e o Brasil, dava conta de uma porcentagem diferenciada de falhas entre os jovens brasileiros. No grupo de 18 a 24 anos, 8% relatavam ter falhado mais de uma vez, média superior aos 6% da Europa. Dos 25 aos 39 anos, a porcentagem dos que reconheciam falhar com certa regularidade crescia para 11%. A média européia nessa faixa etária era de 8%.

"O remédio é uma opção para os jovens que têm dificuldades emocionais, como forte ansiedade. Ele é associado à psicoterapia até que o paciente restabeleça sua segurança", disse o então presidente da Sociedade Brasileira de Urologia, Eric Wroclawski, na reportagem da ISTO É, de 2002. O atual presidente da Sociedade Brasileira de Urologia, dr. Sidney Glina, de São Paulo, confirma esse uso do Viagra que é feito por homens mais jovens. Muitos deles acabam no seu consultório e são encaminhados para psicoterapia.

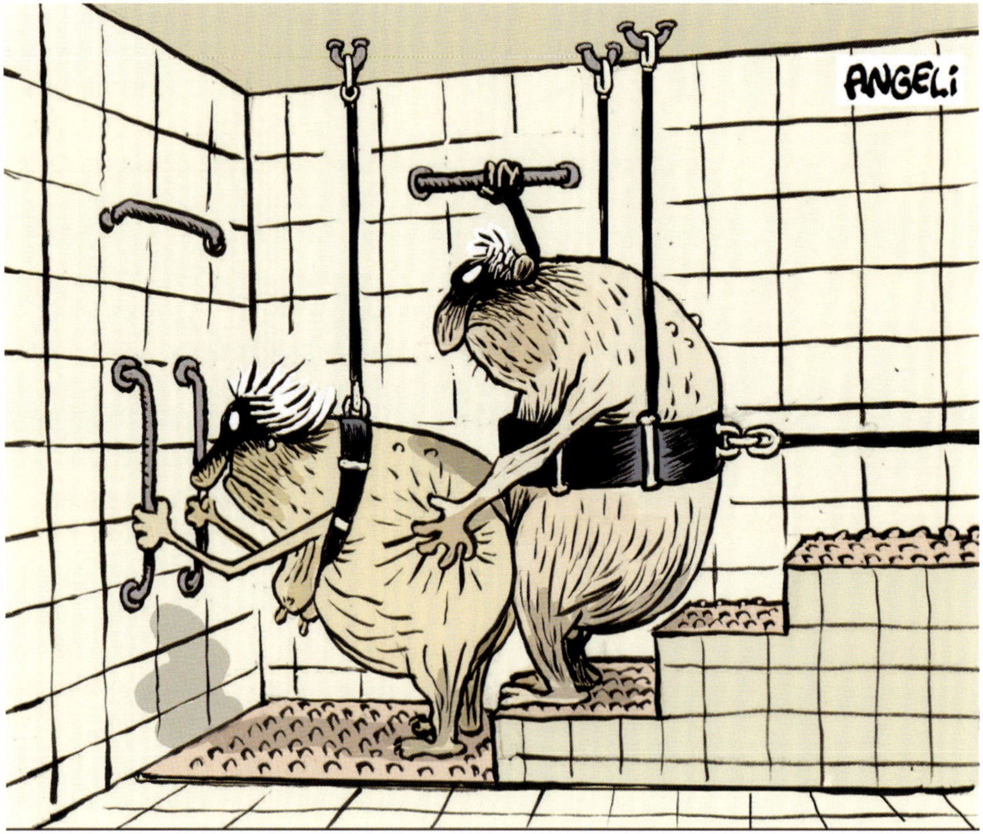
ANGELI

A IMPORTÂNCIA DE UMA EREÇÃO RÍGIDA

Com o avançar da idade, os brasileiros parecem ir perdendo a insegurança, e embora a possibilidade de falhar aumente um pouco, naturalmente, o desempenho dos madurões é superior à média dos estrangeiros, informava a mesma reportagem da revista VEJA[4]. Os brasileiros de meia idade ganhavam dos europeus, canadenses e mexicanos.

Na faixa etária de 40 a 44 anos, 13% tinham problemas de disfunção erétil e falhavam com regularidade, enquanto na Europa a porcentagem de falha reconhecida por essa faixa etária era de 14% e no México, de 21%. No grupo de 45 a 59 anos, as falhas atingiam 20% dos brasileiros, contra 22% dos europeus e 24% dos mexicanos. Entre os sessentões era ainda maior a vantagem dos brasileiros, quando comparada com os estrangeiros: 24% contra 32% dos europeus e nada menos do que 50% dos mexicanos.

A reportagem revelava ainda um dado importante. Para 96% dos brasileiros o sexo era um assunto primordial e, "para incrementá-lo", como dizia a revista, cerca de 80% dos homens de mais de 40 anos admitiam recorrer as pílulas contra a impotência se fosse necessário. "Nos consultórios médicos, é cada vez mais comum encontrar homens que buscam tratamento porque querem melhorar a qualidade e o tempo de ereção", declarava a VEJA o urologista Eduardo Bertero, de São Paulo. Está explicado, portanto, porque o Brasil figura entre os principais mercados desses remédios, perdendo apenas para os Estados Unidos, concluía a reportagem da revista. "Qualquer um que pense que um homem não precisa de uma ereção firme não conhece os homens", diria o médico urologista Arnold Melman[5], autor do livro *Impotence in the age of Viagra*, ao refutar terapeutas sexuais e feministas americanas que criticavam a exagerada preocupação masculina com a ereção depois do advento do Viagra. Além de cientista, especializado em pesquisa de ponta para tratamento da disfunção erétil como a terapia genética, Melman é chefe do departamento de urologia do Hospital Montefiore, de Nova York, sediado no bairro do Bronx. Está acostumado a atender homens de baixa renda, trabalhadores braçais com problemas de impotência. "Os pacientes querem resultado, uma ereção, e querem logo. Essa é a natureza humana. Se não a natureza humana, certamente a natureza masculina,"ele afirmaria, na época, a propósito da controvérsia sobre a euforia dos homens com a "PÍLULA MILAGROSA".

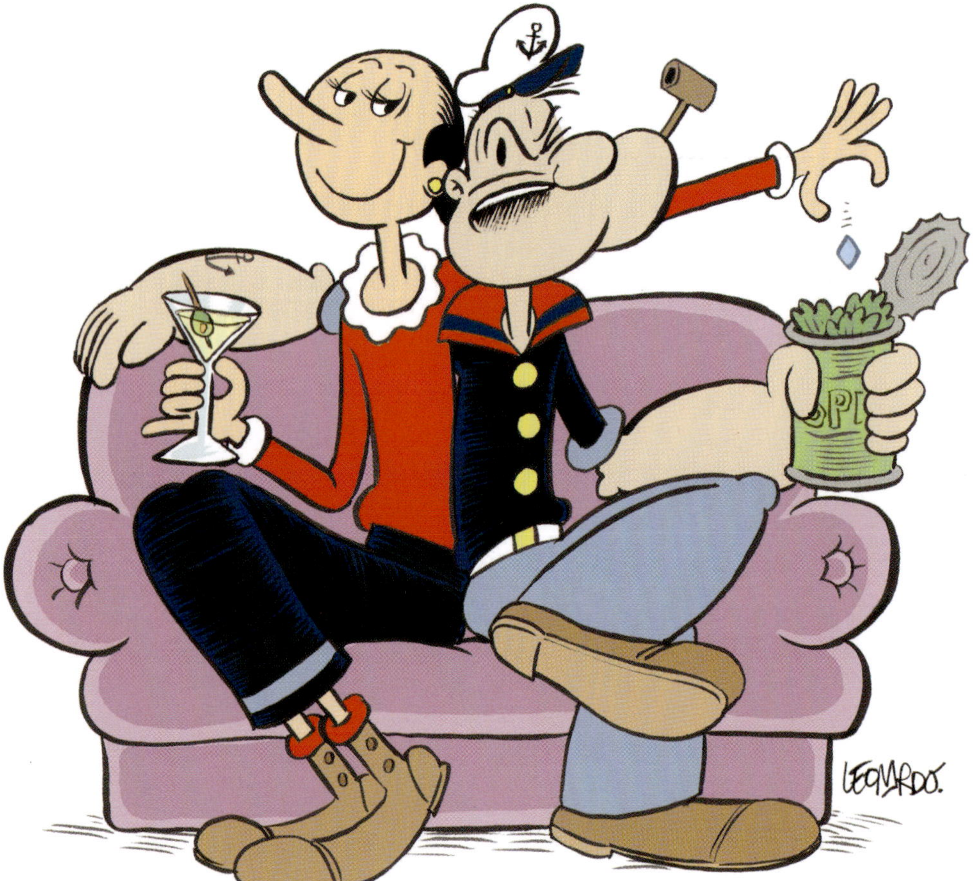

UMA VISÃO MORALISTA DO SEXO

"O sentimento de segurança dos homens está muito ligado à ereção, isso é verdade", afirma o psicanalista Luiz Tenório de Oliveira Lima, de 62 anos, baiano de origem mas residente em São Paulo, onde atende em consultório e ministra cursos sobre psicanálise. "Mas a maioria das mulheres gosta de uma ereção firme", ele acrescenta. "E os homens, mesmo os mais vigorosos, começam a ter dificuldade para transar duas vezes ou mesmo uma vez com qualidade com o passar do tempo." O Viagra é uma dádiva da tecnologia, neste sentido, comenta Tenório, porque permite aos homens inseguros ter uma ereção rígida e aos que são seguros, prolongar a ereção.

Para os homens viris, interessados no assunto, ele representa assim uma revolução, ele diz. "Essa visão de que existe hoje uma indústria da ereção, criando um prazer artificial nos homens, é uma visão moralista do sexo, a meu ver, do mesmo tipo daquela que diz....que pouca vergonha, a cidade está cheia de motéis, a televisão só nos mostra cenas de sexo, e agora tem esse Viagra que produz ereção instantânea, para consumo, que pouca vergonha. É o mesmo discurso, percebe, só que com uma dicção empolada, aparentemente sociológica, mas que revela no fundo um preconceito com a sexualidade e o erotismo."

O Viagra não interfere na personalidade, não resolve o problema de quem tem inibições de desejo, repara o psicanalista. "Conheço pessoas com disfunção que fizeram tratamento, usaram injeção no pênis, quando ainda não tinha o Viagra, e não melhoraram porque o sujeito não tem desejo, aquilo é uma área morta da vida dele." Mas as substâncias como o Viagra não vieram apenas resolver problemas de disfunção erétil fisiológica, casos em que a medicação é de fato útil e eficaz, ele acredita. Na sua opinião, essas medicações introduziram também um elemento de prazer erótico na relação dos casais, ao aumentar a durabilidade e a qualidade da ereção e, em alguns casos, melhorar a segurança; em outros, resolver a ansiedade; e em outros, ainda, acrescentar uma novidade. "Independente das motivações, essas substâncias permitem aos casais usufruir do erotismo que é uma alegria na vida das pessoas que se permitem experimentá-lo, aliás, uma das poucas alegrias que valem a pena na vida humana."

A questão do erotismo, do sexo, está relacionada com a imaginação, ressalva o psicanalista, enquanto as substâncias do tipo Viagra estão associadas a uma ação fisiológica. "Elas levam o indivíduo que tem desejo a ter uma ereção firme e durável, agora o que vai ser feito dessa ereção firme e durável vai depender da imaginação dos dois, da experiência dos dois e dos significados eróticos que a relação entre ambos produzir. Esse é meu modo de ver. O que define a história de uma relação erótica a dois é a imaginação."

Tenório conclui que essas medicações vieram a calhar para as mulheres, que vinham demandando mais sexo de qualidade. Mas considera que ainda é cedo para avaliar as conseqüências do Viagra na vida dos casais.

"Deve ainda levar algum tempo para termos idéia de seus efeitos nas relações eróticas de uma forma mais ampla, mas se o gozo é uma coisa boa para as mulheres, então elas estão tendo mais acesso ao gozo com seus parceiros tendo uma ereção mais firme e mais durável, de quinze minutos para até quarenta minutos, ou uma hora. E isso é uma revolução na vida das pessoas, na medida em que diminui as angústias e atenua o sentimento de envelhecimento."

VOVÔ JÁ ESTÁ CONSEGUINDO TRANSAR, É?
AINDA NÃO. MAS JÁ ESTOU CONSEGUINDO PARAR EM PÉ!!!
GENEIT

TEMPOS DIFÍCEIS

Antes do Viagra os tratamentos dos problemas envolvendo a ereção eram incômodos, muito menos eficazes e freqüentemente constrangedores. A injeção de substâncias relaxantes da musculatura dos corpos cavernosos, descobertas por Brindley e Virag, e posteriormente aperfeiçoada com a mistura de papaverina, fentolamina e prostaglandina E-I, a fórmula do alprostadil, resolvia, em média, 50% dos casos de impotência, mas podia causar dor no membro masculino e, dependendo da inexperiência ou negligência do usuário, provocar priapismo com duração de horas.

A cápsula desse mesmo alprostadil, para aplicação direta na uretra, o *muse*, melhorava 40% dos casos de disfunção erétil, mas cerca de 10% dos homens submetidos ao tratamento experimentavam dores no pênis. O método hidráulico, baseado em uma bomba de vácuo, que estimulava a entrada do sangue nos corpos cavernosos, era eficaz mas causava desconforto e constrangimento. O homem tinha de fazer uso do aparelhinho alguns minutos antes de iniciar o ato sexual e para manter a ereção era obrigado a manter um anel de borracha na base do pênis.

O Viagra foi um avanço inigualável, comparado a esses métodos, uma pílula milagrosa, realmente. Ou como preferem os homens, uma revolução.

Só não resolveria os casos de disfunção erétil decorrentes de problemas vasculares mais graves, devido a doenças como diabetes em estágio avançado, por exemplo, ou a falta de ereção resultante de prostatectomia, a cirurgia radical para extração da próstata, nos casos em que o procedimento afetara parcial ou totalmente os nervos associados com o mecanismo de ereção. A cirurgia vascular ainda é utilizada hoje para devolver a ereção aos pacientes com lesões vasculares. Resolve alguns casos, mas não todos. Para os homens que perdem a ereção com a prostatectomia, por causa da lesão de nervos, a solução é a prótese peniana, cujo desenvolvimento é considerado um marco importante na história da urologia.

As próteses usadas hoje são todas inspiradas na versão inventada originalmente pelo cientista Brantley Scott, da Universidade de Minnesota, nos Estados Unidos, na década de 70. Era um dispositivo feito com duas varetas de silicone, cilíndricas e ocas, implantadas sob a túnica albugínea do pênis, ao longo dos dois corpos cavernosos. Uma pequena bomba, colocada no escroto e preenchida com solução salina, acionava a ereção quando pressionada pelo usuário. Para o médico Irwin Godstein, da Universidade de Boston, nos Estados Unidos, a prótese inflável representou uma grande ruptura no tratamento dos problemas de ereção. Antes dela os urologistas não tinham nada praticamente a oferecer como alternativa aos pacientes graves.

Com formação em engenharia biomédica, Goldstein gostou particularmente do que estava por trás daquela descoberta de Scott. Ela confirmaria sua visão sobre funcionamento do pênis: ele era como um pneu cuja ereção deveria ser bombeada, com sangue, naturalmente, ou outra solução, na falta de veias e nervos em bom estado.

Goldstein foi pioneiro na pesquisa de técnicas de diagnóstico para avaliar a disfunção erétil e desenvolveu vários procedimentos para reconstrução vascular, capazes de restaurar o funcionamento normal do pênis e devolver ao homem a função sexual.

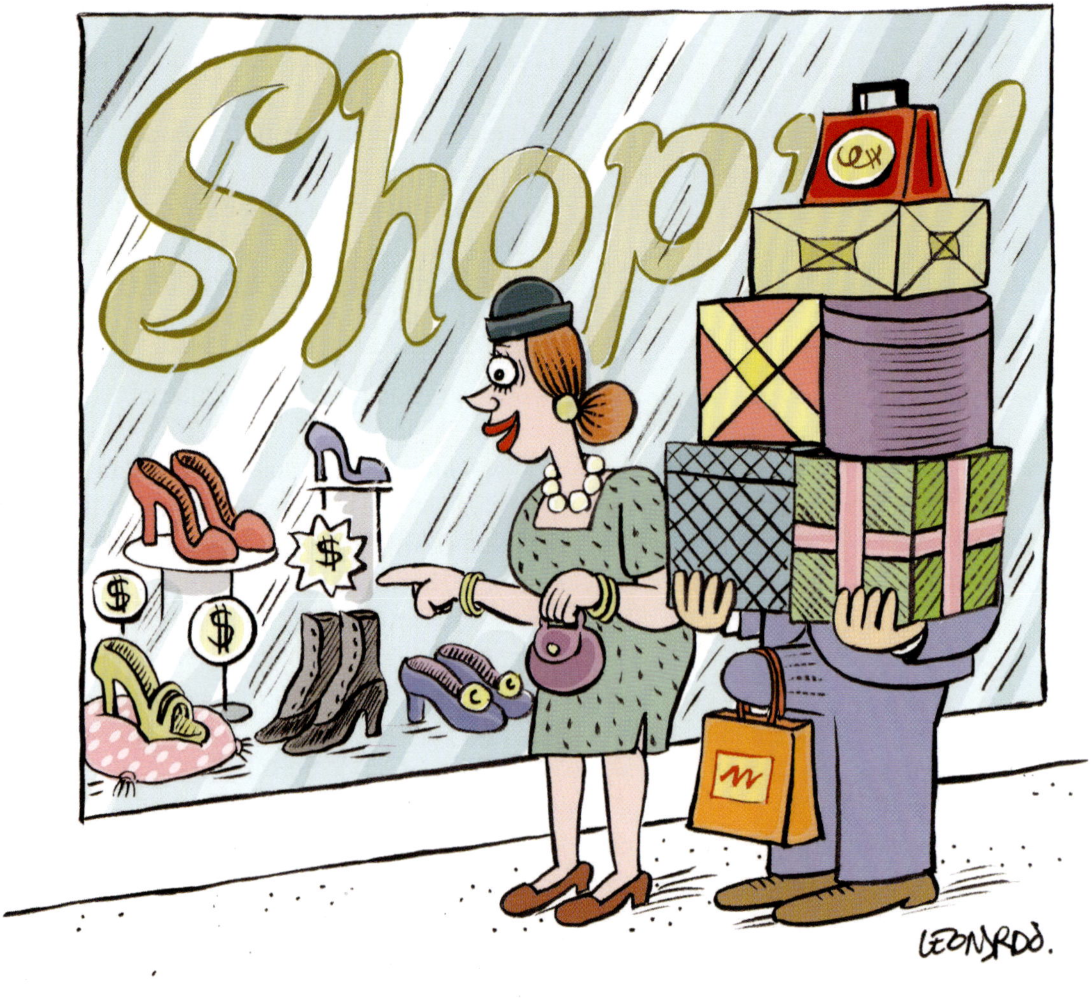
Shop

EREÇÃO GARANTIDA

crônica ANNA VERONICA MAUTNER

A gente pensa e às vezes até tem certeza, afirma e afiança que os tabus que envolvem a sexualidade caíram em desuso. Não creia nisso, não. Sentada há mais de 40 anos a escutar histórias, profissionalmente, e há 60 anos ouvindo histórias no tradicional confessionário semi-público que são, e sempre foram, os salões de beleza, eu garanto a vocês que quando um mistério cai, outros se alevantam. Não faz muito tempo que a palavra gozo soava a pecado, as camisinhas de Vênus ficavam guardadas no fundo das gavetas e o esperma tinha que ser recolhido em toalhinhas pequenas, lavadas às escondidas. Toalhinhas para esperma faziam parte, acreditem, do enxoval de moças de qualquer classe social. As mães de moços fingiam que não percebiam as manchas nas cuecas, nos pijamas. A sexualidade e seu entorno era invisível.

E assim foi até a substituição das toalhinhas higiênicas - que as mulheres lavavam discretamente e deixavam secar em cantos de varal - pelo modess. Mas como comprar modess e sair com o pacote? Pelo formato, todo mundo ia saber do que se tratava. Um homem jamais compraria um pacote de modess na década de 50, e uma mulher jamais compraria camisinha de Vênus. Isto tudo era feito à meia voz, em constrangidos sussurros.

O passo seguinte foi o OB. Nenhuma mulher solteira assumia usar OB. Seria a confissão pública da perda de sua virgindade. Não faz muito tempo uma adolescente me perguntou como é que ela podia saber se era virgem ou não. Por alguns segundos não soube responder. Sofreria ela de amnésia, pois o primeiro a gente não esquece, nem sutiã nem relação. Não levei mais de 10 segundos para perceber em que ralo teria caído o velho tabu da virgindade. Hoje é mais importante pôr um biquíni quando se está menstruada do que perder ou não a virgindade. Meninas virgens de pênis usam OB, que pode ou não romper o hímen. Como o OB é usado durante a menstruação, não dá pra saber quanto desgaste o hímen já sofreu. Pílula, diafragma, camisinhas são compradas e usadas com cada vez maior liberdade.

Finalmente chegou o Viagra - a pílula da ereção garantida. Agora a coisa é mais complicada porque os homens ainda não encaram com liberdade ou leveza a possibilidade de tornar público problemas de impotência.

A virilidade, que se confunde com potência sexual, é a grande questão pós-libertação sexual da mulher. Conheci histórias de mulheres casadas com homens com ejaculação precoce que jamais souberam que as coisas poderiam ocorrer de outra forma. Estes assuntos foram objeto de ocultação até muito pouco tempo atrás.

Não faz muito tempo, nos primeiros anos do Viagra, fui procurada por um jovem executivo que só era potente com a sua própria esposa, mas desprezava a fidelidade à mulher e sentia-se profundamente infeliz, a ponto de procurar análise. Ele pulava a cerca e broxava. Lembrei-lhe que já existia Viagra. Ele olhou-me nos olhos e pediu que comprasse o remédio para ele porque não tinha coragem de confessar sua dificuldade ao balconista da farmácia. Foi uma longa luta até assumir que o problema era dele. E eis que com o Viagra ele resolveu - tornou-se um infiel como todos os outros.

Um outro alto executivo era desinteressado de sexo - preferia não tocar nem ser tocado. Por sorte era casado com uma executiva também pouco interessada em sexo. Casamento perfeito, poderíamos dizer, mas não era não. Quem não tem desejo forte e freqüente se sente aleijado e quer recorrer ao Viagra. Se Viagra há, é porque transar pouco é problema, senão não o teriam inventado. Aqui está a pílula para regulamentar a freqüência e a intensidade do gozo.

Certos grupos liberados, como artistas na área das artes cênicas, recorrem abertamente desde há muitos séculos aos vários pozinhos afrodisíacos, especialmente da linha da cocaína. Mas são uma minoria que dedica a vida a ampliar o universo sensorial. Querem sentir mais para expressar mais e gerar desejo nos outros. O homem comum não recorria a esses estratagemas, possivelmente nem sabia deles. O silêncio entre o casal era a regra. Hoje está tudo mudado, menos o medo de broxar, que por estar menos oculto, uma vez que a sexualidade é assunto de conversa que flui livremente, ameaça mais. As mulheres falam. Segredos de alcova são cada vez menos secretos. Uma vez cheguei a ouvir em uma festa, da boca de uma mulher nada simplória, mais para o sofisticada, que infelizmente o casal não tinha filhos porque os espermatozóides do marido eram lentos. As pessoas que estavam na roda de conversa nem se entreolharam.

Se a velocidade dos espermatozóides não é mais segredo de alcova, imagine se o tempo de ereção vai ser secreto!

A última novidade no meu rol de curiosidades sobre o uso de Viagra é a história de um casal que comentou com terceiros e quartos que é ela quem põe o Viagra na boquinha dele. Nem ele se ofende, nem ela se envergonha com o comentário. E entre os adolescentes, onde o Viagra entra para contornar qualquer temorzinho que possa atrapalhar a construção da imagem do moço viril? Um moço conhecido, de menos de 30 anos, não consegue usar camisinha e usa Viagra porque com a pílula azul ele dá conta.

Pobres homens, que não têm mais nenhuma desculpa para o mau desempenho. Com Viagra não há surpresa. Sem mistério, sem surpresa, a garantia de desempenho é sempre igual!

*Anna Veronica Mautner é cronista e psicanalista, membro da Sociedade Brasileira de Psicanálise. Como cronista, publica artigos na Folha Equilíbrio, regularmente, e em jornais e revistas. É autora de O Cotidiano nas Entrelinhas e Crônicas Científicas e de inúmeras crônicas e ensaios.

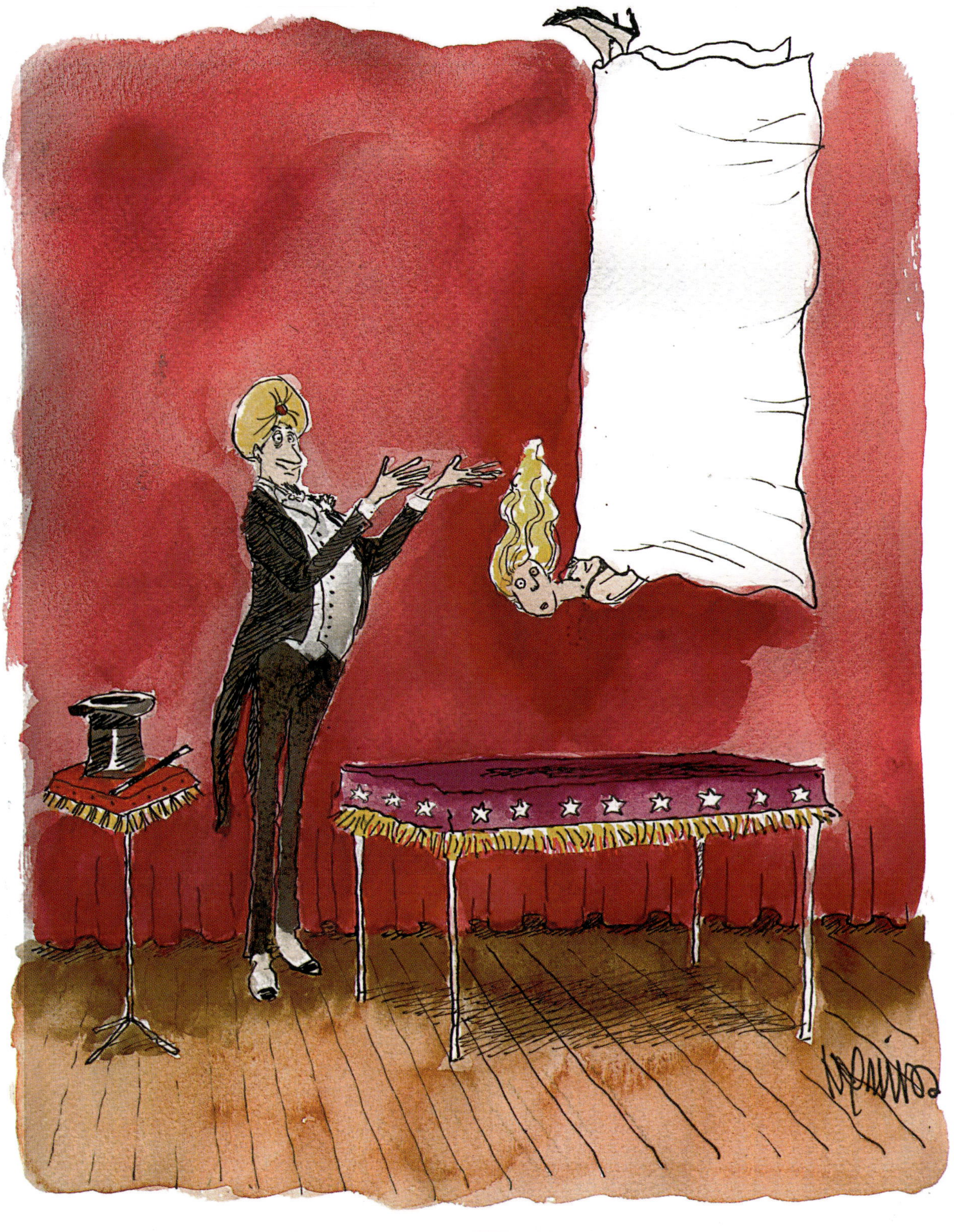

CAPÍTULO.05

o sexo depois do Viagra II

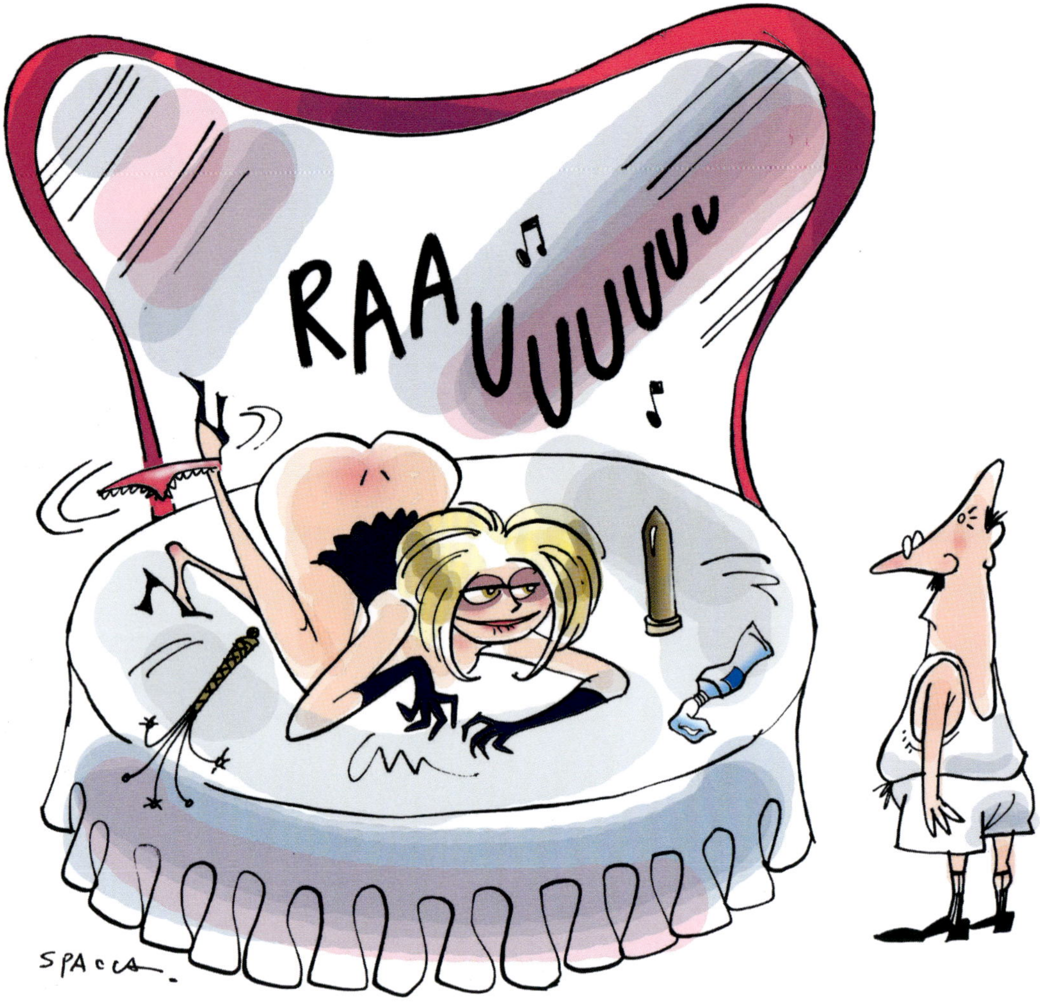
RAAUUUUUUU
SPACCA

crônica / GRELO FALANTE

PRAZERES EM ALTA

Minha história teve suas preliminares nos idos tempos A.V. - antes do Viagra. Eu, Maria dos Prazeres, possuidora de um apetite pantagruélico, comecei a gozar de uma avantajada reputação ao levantar a moral - e outras partes - de homens broxas, mulheres frígidas, cachorros sem androceu, marias-sem-vergonha-sem-gineceu.

Não havia caso de disfunção erétil ou libido em baixa que eu não desse jeito. Idólatras do tônus dos meus pequenos lábios mordiscantes e testemunhas vivas dos cantos xamânicos dos meus grandes lábios - que tal qual sereias, faziam os pênis, mesmo os mais desacreditados, levitarem como cobras encantadas por flauta doce - proliferaram mais do que membros da Igreja Universal. O boca a boca e o coxa a coxa formaram o grande rebanho que passou a proclamar com devoção a minha obra. Minhas ovelhas, em manadas pelas praças, praias, parques e jardins, vociferavam enquanto distribuíam jornais, santinhos e filipetas aos que buscavam consolo. "Tenha uma ereção. Pergunte-me como. Satisfação garantida ou sua insatisfação de volta".

Sobrevivi à Queda da Bastilha, à Queda do Muro de Berlim, à queda dos meus peitos, da minha bunda, mas não podia imaginar a revolução silenciosa que seria deflagrada por amotinados de laboratório: a era D.V. - depois do Viagra. As longas filas de suplicantes, replicantes, ficantes e passantes, que começavam na minha porta e se esparramavam pelos confins do universo foram diminuindo até restarem só os cobradores implicantes.

Um dia fui surpreendida com a aparição de Deulindo, que me procurou como a última esperança de salvação. Deulindo, português de Celorico da Beira, disse-me numa oração simples que era um sujeito com muitos predicados que virou objeto na mão das mulheres. Elas só o queriam para o sexo. Mas era justamente aí que residia a pendência de Deulindo. Ele já havia feito de tudo para dar vida ao seu combalido órgão mas ele parecia estar morrendo de falência múltipla. Já havia tomado Viagra com extrato de catuaba, Caracu e Comigo-Ninguém-Fode; fumado Viagra assistindo ao orgiástico programa de televendas; cheirado Viagra fazendo promessa pra Virgem do Pênis Angelicus e

nem assim o membro mais querido da Família Anatomia dava sinal de vida. Entrei na parada disposta a suar muito a camisinha pra tentar levantar o mastro de Deulindo. O máximo que consegui foi colocar a bandeira dele a meio pau. Esgotada, desesperançada, entediada, comecei a arfar no ouvido dele sobre o problema da falta de empregada, do custo de vida, do preço dos planos de saúde, do cocô preso do caçula, da viadagem do meu marido, dos sem teto, dos sem terra, dos sem salário, dos sem assunto...

Deulindo foi ficando tão tenso que todo seu corpo enrijeceu ao mesmo tempo. Seu órgão desplugado, subitamente virou um eletrizante trombone de vara, um pistom de proporções avantajadas, um saxofone em grande volume que me tocou fundo. "Milagre! Milagre!" - gritou o até então casto Deulindo em seu português castiço - "O moribundo instrumento copulador do meu aparelho genital ressuscitou!"

Diante da graça alcançada, ajoelhou-se aos meus pés jurando que daquele dia em diante passaria a dar ouvidos e pau a todas as mulheres que gostam de discutir a relação, reclamar da rotina, da desigualdade entre os sexos, da diferença de classes, da existência ou não de seres em outros planetas, dos seres elementares...

Ao sair propagando meu nome por todo mundo e todo submundo, Deulindo também operou em mim um milagre... o da multiplicação da minha conta bancária. Seu testemunho de fé me iluminou e me deu a visão de como fazer novamente os negócios crescerem. "O Viagra não está sendo um santo remédio? Procure Maria dos Prazeres, a Genérica que faz o diabo com você".

*O Grelo Falante, grupo de humor feminino, criado há 7 anos por Carmen Frenzel, Claudia Ventura, Lucília de Assis e Suzana Abranches. Publicou os livros "Tapa de Humor não Dói", "Tomaladacá", "Livro de Bolsa" e "Coisa de Mulher". Criou o "Garotas do Programa" (TV Globo), o espetáculo "Conversa Privada" e o longa metragem "Coisa de Mulher".

mariza dias costa

A EREÇÃO NO HORÁRIO NOBRE

A chegada da "PÍLULA MILAGROSA" ao mercado brasileiro causou grande euforia mas também surpreendeu os homens. Ela se destinava a tratar um problema que eles estavam acostumados a ocultar com desvelo ou enfrentar às escondidas, quando o faziam. E de repente lá estava o assunto tabu, apresentado com todas as letras em pleno horário nobre da TV e nas páginas das revistas e jornais de maior circulação.

A mensagem publicitária era inequívoca. "Passou a vida inteira contando seu desempenho sexual pra todo mundo. Agora, não tem coragem de falar pra uma só pessoa" dizia uma das propagandas na época do lançamento do Viagra. A linguagem era objetiva, como a cabeça da maioria dos homens. Ia direto ao ponto:

"Mais importante do que saber como algumas pessoas encaram o sexo é saber que muita gente não consegue encará-lo de maneira nenhuma. São aqueles que sofrem de algum tipo de disfunção erétil (impotência). Este problema pode não só estar relacionado à idade mas também ao estresse, ao abuso de álcool e do cigarro. O que muita gente não sabe é que disfunção erétil já tem solução. O tratamento é simples e seguro. Procure um médico. Pior do que ter um problema é não tentar resolvê-lo."

Diante dela eles fraquejaram. "Os homens se mostravam ambivalentes, no início", conta a psicóloga Olenka Franco, da empresa Sinal Pesquisas, especializada em consultoria de opinião e comportamento do consumidor e responsável por testar junto ao público alvo a melhor forma de abordar o tema da disfunção erétil nas campanhas publicitárias. "Eles oscilavam entre o desejo e o receio de experimentar o Viagra", recorda. E elas? "As mulheres que enfrentavam o problema em casa pareciam tão receosas quanto eles", lembra Olenka. "Em idade de menopausa, temiam que o Viagra viesse lhes exigir uma performance sexual que talvez não desejassem mais. Ou pudesse destruir sua família, ao viabilizar o interesse e a disponibilidade do marido para outra."

As campanhas pioneiras sobre o tratamento das falhas de ereção derrubariam o tabu da impotência, levando junto com ele o conceito até então fantasmagórico e a própria palavra. E o conhecimento sobre a maior vulnerabilidade masculina se multiplicaria.

Quem acessa hoje o *Medline*[1], o site de busca de artigos médicos atrás da palavra-chave disfunção erétil, por exemplo, vai encontrar em torno de 10 mil referências. Se procurar impotência, irá deparar com o mesmo número de trabalhos.

Essa produção não tem mais de 15 anos. Ela começa a aparecer a partir da década de 90, período de consolidação das descobertas sobre a fisiologia da ereção, observa a psiquiatra Carmita Abdo, de São Paulo, uma *expert* no assunto sexualidade humana.

A SEXUALIDADE INVESTIGADA

Carmita Abdo é pioneira nos estudos de sexualidade no Brasil. Começou a pesquisar o comportamento sexual dos brasileiros ainda nos anos 70, recém-saída da residência, ao ter contato com os estudantes que freqüentavam o antigo Coseas, o serviço de saúde e assistência social da USP. "Era uma época em que não existia Aids, a liberdade sexual estava no auge por causa da pílula, os jovens começavam a fazer sexo com mais liberdade e a deparar com suas dificuldades."

A experiência com os universitários virou tese de doutorado - ASPECTOS DA SEXUALIDADE DE UMA POPULAÇÃO UNIVERSITÁRIA - e abriu caminho para a dra. Carmita estruturar o projeto multidisciplinar de pesquisa, ensino e orientação sobre o tema da sexualidade. Vinculado ao departamento de psiquiatria da faculdade de medicina da Universidade de São Paulo, ele se transformaria, nos anos 90, no serviço conhecido nacionalmente como PROSEX, abreviação de PROJETO SEXUALIDADE. O tema do sexo entraria logo depois no currículo da graduação em medicina e, mais tarde, na especialização da pós-graduação.

A equipe do PROSEX, de quase 60 profissionais, entre médicos, psiquiatras, terapeutas sexuais e educadores, seria responsável por pesquisas pioneiras sobre as atitudes e a saúde sexual dos brasileiros. Motivados pela euforia em torno da medicação para tratar a disfunção erétil, no final da década de 90, os médicos e terapeutas sairiam a campo, literalmente.

Montaram barraquinhas em parques, praças e calçadões movimentados das principais capitais brasileiras para atender homens e mulheres maiores de 18 anos em consulta médica, prover orientação sexual e anotar seus hábitos, atitudes e problemas sexuais.

A equipe visitou várias regiões do Brasil neste esquema, entre o final dos anos 90 e início dos anos 2000, e ficou sabendo em detalhes como andava a vida sexual dos brasileiros. Carmita Abdo publicou grande parte desse conhecimento no livro O DESCOBRIMENTO SEXUAL DO BRASIL[2]. Ele informa que 45% dos homens admite algum grau de disfunção erétil, de leve a moderada e, em índices bem menores, completa. Não é pouco. De cada dois homens, um se encontra insatisfeito com a qualidade de sua ereção.

"Quando ainda não tínhamos os medicamentos do tipo Viagra o homem demorava em média cinco anos para fazer esse percurso entre assumir que estava com algum problema e procurar um médico. Hoje ele leva dois a três anos para tomar a mesma decisão, depois que começa a falhar", diz a dra. Carmita, ressalvando que os mais esclarecidos procuram ajuda logo. O homem menos instruído busca milhões de alternativas antes de consultar um urologista, entre elas novas parceiras.

OS ACHADOS DO PROSEX

Os brasileiros, homens e mulheres, concordam igualmente que o sexo é a garantia de harmonia entre o casal. Ele é considerado importante a esse ponto por 96,1% das mulheres e 96% dos homens. Na vida de cada um, o sexo tem a mesma importância das aspirações tais como ter uma fonte de renda segura e poder tirar férias todo ano. Apenas 1% dos brasileiros considera o sexo nada importante. E uma minoria de 2,3% das mulheres e 2,7% dos homens dizem que ele não tem nenhuma importância em suas vidas. Confira as opções e atitudes sexuais de brasileiros e brasileiras:

QUANTAS VEZES POR SEMANA
[média vezes x semana]

- ENTRE 18 e 25 ANOS: 2,5 / 3,6
- ENTRE 26 e 40 ANOS: 2,6 / 3,4
- ENTRE 41 e 60 ANOS: 1,9 / 3,1
- ACIMA DE 60 ANOS: menos de 1 vez / 1,8

- todas desejariam ter o dobro da média de relações que mantém durante a semana.
- todos desejariam ter o dobro da média de relações que mantém durante a semana, com exceção dos rapazes de 18 a 25 anos. Estes gostaria de transar duas vezes e meia a mais do que a média que mantém por semana.

● MULHERES
● HOMENS

COMO OS BRASILEIROS VÊEM SEU DESEMPENHO SEXUAL

➡ Mais de 1/4 dos brasileiros classificam seu desempenho sexual de excelente
➡ Os que se acham apenas bons são 60%
➡ Ruins? Apenas duas em cada 100 mulheres e um de cada 100 homens

COMO ACONTECE A RELAÇÃO SEXUAL

70% mantém relações sexuais quando tem vontade, sem programar previamente
15% a **18%** têm hora para transar
7% precisam de situações especiais para transar
8% a **9%** fazem sexo de forma programada durante a semana

OPÇÃO SEXUAL DE ACORDO COM O GÊNERO

HETEROSSEXUAIS • 92,7% / 92%
HOMOSSEXUAIS • 2,4% / 6,1%
BISSEXUAIS • 0,9% / 1,8%

• MULHERES
• HOMENS

OS HOMENS TRANSAM FORA DA RELAÇÃO MAIS DO QUE AS MULHERES

ENTRE OS HOMENS, O CASO FORA DA RELAÇÃO OFICIAL É PRATICADO POR:
➤ Um de cada dois homens heterossexuais
➤ Um de cada dois homossexuais
➤ 70% dos homens bissexuais transam fora da relação

ENTRE AS MULHERES, O CASO FORA DA RELAÇÃO OFICIAL É PRATICADO POR:
➤ 25 de cada 100 heterossexuais
➤ 39 de cada 100 homossexuais
➤ 82 de cada 100 bissexuais

CANSAÇO E ANSIEDADE

MULHERES
O CANSAÇO INTERFERE NEGATIVAMENTE NO DESEMPENHO SEXUAL DE:
➤ 58,6% das mulheres heterossexuais
➤ 50% das mulheres homossexuais
➤ 48% das mulheres bissexuais reclamam particularmente da ansiedade

HOMENS
A ANSIEDADE FOI LEMBRADA COMO INTERFERÊNCIA NEGATIVA POR:
➤ 24,3% dos heterossexuais
➤ 32% dos homossexuais
➤ 34,4% dos bissexuais

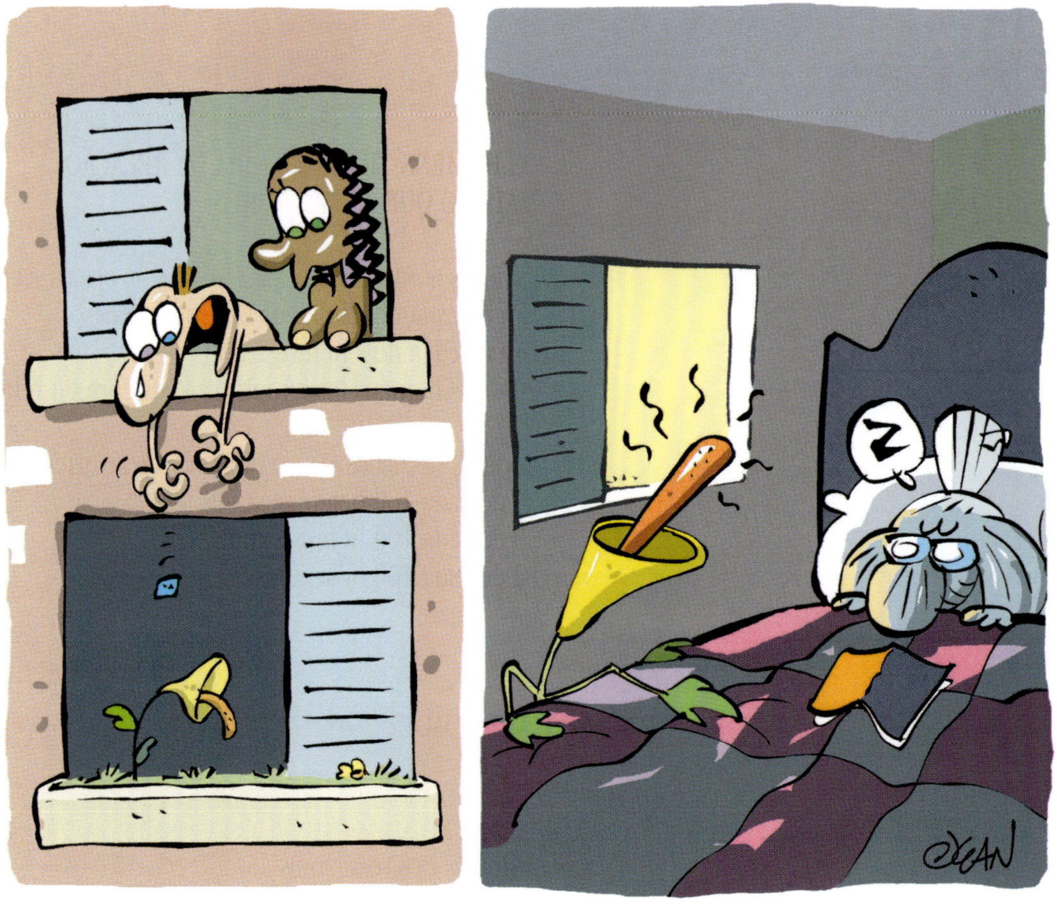
Z

OPÇÃO SEXUAL POR GÊNERO E FAIXA ETÁRIA
[ENTRE 2855 MULHERES]

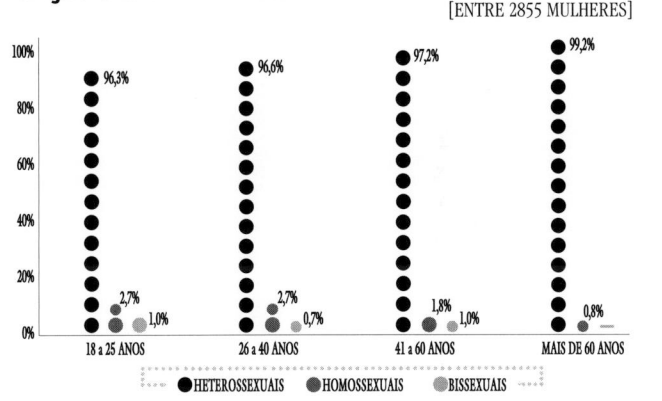

- 18 a 25 ANOS: HETEROSSEXUAIS 96,3%; HOMOSSEXUAIS 2,7%; BISSEXUAIS 1,0%
- 26 a 40 ANOS: HETEROSSEXUAIS 96,6%; HOMOSSEXUAIS 2,7%; BISSEXUAIS 0,7%
- 41 a 60 ANOS: HETEROSSEXUAIS 97,2%; HOMOSSEXUAIS 1,8%; BISSEXUAIS 1,0%
- MAIS DE 60 ANOS: HETEROSSEXUAIS 99,2%; HOMOSSEXUAIS 0,8%; BISSEXUAIS —

IDADE DA INICIAÇÃO SEXUAL

A INICIAÇÃO SEXUAL FEMININA É MAIS PRECOCE ENTRE AS JOVENS BRASILEIRAS. AS HOMOSSEXUAIS VEM EM SEGUIDA E AS HETEROSSEXUAIS EM TERCEIRO LUGAR.

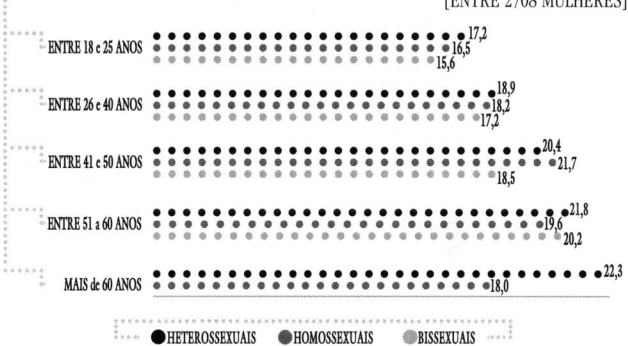

[ENTRE 2708 MULHERES]

- ENTRE 18 e 25 ANOS: HETEROSSEXUAIS 17,2; HOMOSSEXUAIS 16,5; BISSEXUAIS 15,6
- ENTRE 26 e 40 ANOS: HETEROSSEXUAIS 18,9; HOMOSSEXUAIS 18,2; BISSEXUAIS 17,2
- ENTRE 41 e 50 ANOS: HETEROSSEXUAIS 20,4; HOMOSSEXUAIS 21,7; BISSEXUAIS 18,5
- ENTRE 51 a 60 ANOS: HETEROSSEXUAIS 21,8; HOMOSSEXUAIS 19,6; BISSEXUAIS 20,2
- MAIS de 60 ANOS: HETEROSSEXUAIS 22,3; HOMOSSEXUAIS 18,0; BISSEXUAIS —

OPÇÃO SEXUAL POR GÊNERO E FAIXA ETÁRIA
[ENTRE 3584 HOMENS]

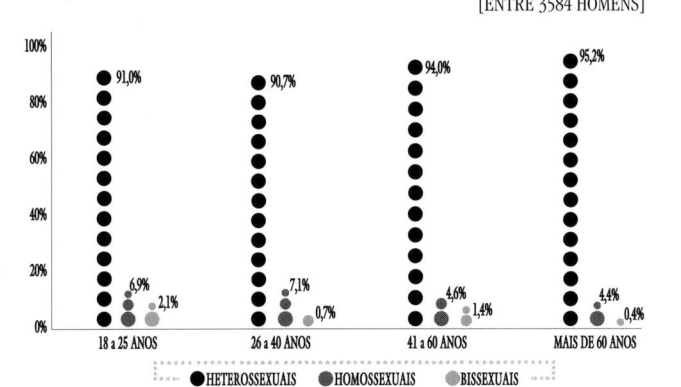

- 18 a 25 ANOS: HETEROSSEXUAIS 91,0%; HOMOSSEXUAIS 6,9%; BISSEXUAIS 2,1%
- 26 a 40 ANOS: HETEROSSEXUAIS 90,7%; HOMOSSEXUAIS 7,1%; BISSEXUAIS 0,7%
- 41 a 60 ANOS: HETEROSSEXUAIS 94,0%; HOMOSSEXUAIS 4,6%; BISSEXUAIS 1,4%
- MAIS DE 60 ANOS: HETEROSSEXUAIS 95,2%; HOMOSSEXUAIS 4,4%; BISSEXUAIS 0,4%

IDADE DA INICIAÇÃO SEXUAL

ENTRE OS HOMENS, OS HOMOSSEXUAIS SÃO OS ÚLTIMOS A INICIAR A VIDA SEXUAL QUANDO COMPARADOS COM OS HETEROSSEXUAIS E OS BISSEXUAIS DE QUALQUER FAIXA ETÁRIA.

[ENTRE 3456 HOMENS]

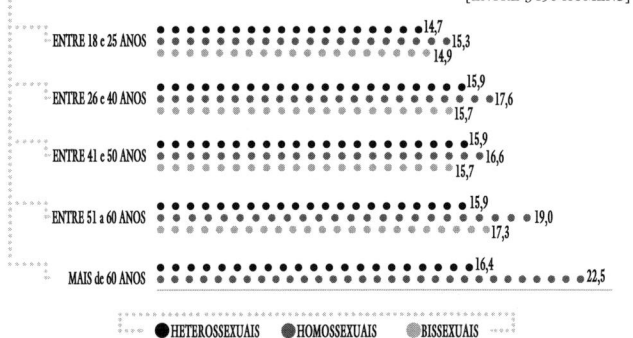

- ENTRE 18 e 25 ANOS: HETEROSSEXUAIS 14,7; HOMOSSEXUAIS 15,3; BISSEXUAIS 14,9
- ENTRE 26 e 40 ANOS: HETEROSSEXUAIS 15,9; HOMOSSEXUAIS 17,6; BISSEXUAIS 15,7
- ENTRE 41 e 50 ANOS: HETEROSSEXUAIS 15,9; HOMOSSEXUAIS 16,6; BISSEXUAIS 15,7
- ENTRE 51 a 60 ANOS: HETEROSSEXUAIS 15,9; HOMOSSEXUAIS 19,0; BISSEXUAIS 17,3
- MAIS de 60 ANOS: HETEROSSEXUAIS 16,4; HOMOSSEXUAIS 22,5; BISSEXUAIS —

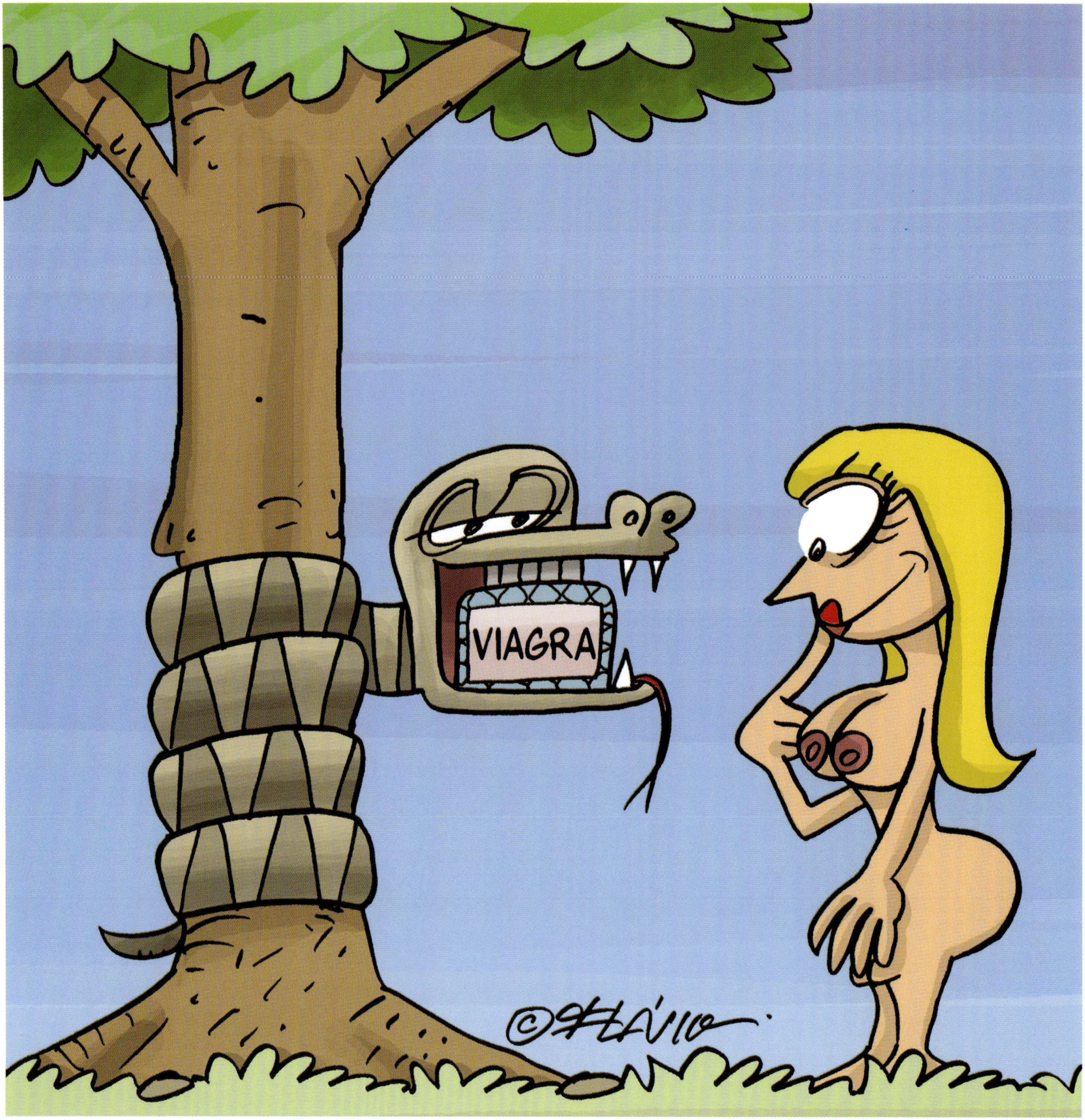
VIAGRA

AS MULHERES E O VIAGRA

Os remédios para a disfunção erétil são aliados das mulheres na vida sexual, concluiu a psiquiatra Carmita Abdo, em novembro de 2004, depois de ouvir 2.100 mulheres, entre 18 e 65 anos, de várias regiões do país.

Das entrevistadas cujos parceiros usam medicamentos para a ereção, 82% declararam que o sexo melhorou porque o companheiro ficou mais seguro, mais interessante e mais calmo. "Quando falha, o homem se sente muitíssimo abalado, ferido em sua auto-estima", lembra a dra. Carmita. "Mas para a parceira, deixa transparecer o contrário desse sentimento. Ele raramente trata do assunto com ela. A impressão que passa é de que parece pouco comprometido com a relação. Como não se sente a vontade para dizer que está falhando ele passa a evitar o sexo." O homem seguro, autoconfiante, é mais generoso na cama, acrescenta a psiquiatra. "A segurança o leva a ficar mais despreocupado no ato sexual e a prestar atenção na mulher, por isso que elas gostam das substâncias inibidoras de PDE5."

O interesse das mulheres pelo tratamento de suas próprias dificuldades com o prazer sexual também aumentou depois das novidades para restauração da disfunção erétil, informa a dra. Carmita, baseada em sua experiência no PROSEX. Nos anos 90, o serviço atendia em média 7 homens para cada mulher. "Hoje estamos atendendo três homens para cada mulher", diz a psiquiatra. Entre elas, a queixa predominante é a falta de desejo e a dificuldade de chegar ao orgasmo. Entre eles, o diagnóstico prevalente é a disfunção erétil, seguida muito de perto pela ejaculação precoce.

Sexo é saúde, comenta a dra. Carmita, lembrando que ele é considerado um indicador para avaliar a qualidade de vida de uma pessoa, nos critérios da ORGANIZAÇÃO MUNDIAL DE SAÚDE (OMS). "Acho que ninguém duvida mais disso, nem da importância da saúde para se ter sexo, daí a busca por terapias sexuais e tratamentos médicos", acrescenta a psiquiatra.

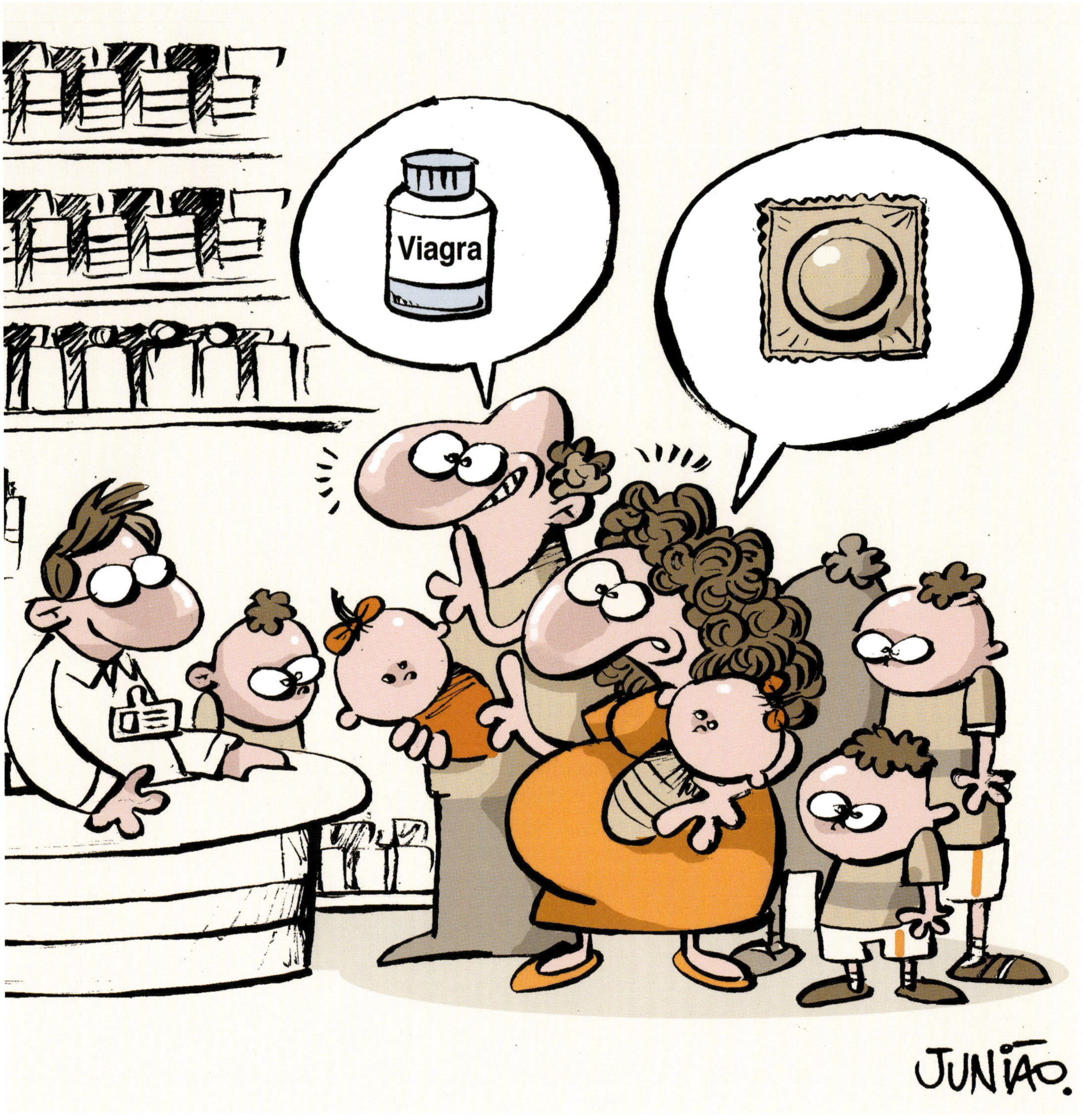
Viagra
JUNIÃO.

O SEXO NA MEIA IDADE

É cada vez maior o número de moças que não cogitam ter filhos antes dos 30 anos, nas classes sociais de maior renda. As mulheres estão tendo filhos mais velhas, algumas com 39, ou até 40 anos. "Isso seria considerado uma vergonha tempos atrás, uma coisa feia, lembra a dra. Carmita. "Onde já se viu uma mulher de 40 anos fazendo sexo e bebês com essa idade!", diz ela, para realçar o pensamento que predominava. "Nos anos 60, até início dos 70, de fato uma mulher mais velha, quando engravidava, não se sentia bem de aparecer "de barriga" em público", recorda a psiquiatra.

Homens e mulheres mais velhos estão fazendo mais sexo, hoje em dia, com ou sem amor. E decididamente, sem nenhum pudor de assumir que o fazem. Trata-se de uma reviravolta comprovada por números, informava a reportagem da revista VEJA sobre O SEXO DEPOIS DOS 40[3]. "Na primeira metade do século XX a meia-idade era considerada uma faixa etária praticamente assexuada. O relatório Kinsey, primeira pesquisa em grande escala sobre sexualidade, divulgada nos Estados Unidos em 1948, apontou que, na faixa dos 40 anos, as pessoas faziam sexo, em média, 26 vezes por ano, e na dos 50, dezesseis vezes", dizia a reportagem. A PESQUISA NACIONAL SOBRE SAÚDE E VIDA SOCIAL, feita em 1998 pelo *National Health and Social Life Survey* (*NHSLS*), considerada uma espécie de atualização do relatório Kinsey, mostrava números bem diferentes, segundo a VEJA. A freqüência de relações sexuais aumentara de 26 para 64 vezes por ano entre os adultos na faixa dos 40 anos, e entre os maiores de 50 anos, saltara de 16 para 48 vezes.

No Brasil não existem dados comparativos para avaliar essa mudança na frequência da atividade sexual dos adultos mais maduros. Mas a reportagem citava os dados de uma pesquisa do MINISTÉRIO DA SAÚDE, feita em 3.600 domicílios distribuídos por todo o país, dando conta de que 86% dos brasileiros são sexualmente ativos entre 41 e 55 anos de idade. Não surpreende. A geração que derrubou o tabu da virgindade, declarou o amor livre e saiu atrás da igualdade de direitos entre os sexos não teria nenhum motivo para se aposentar do sexo tão cedo.

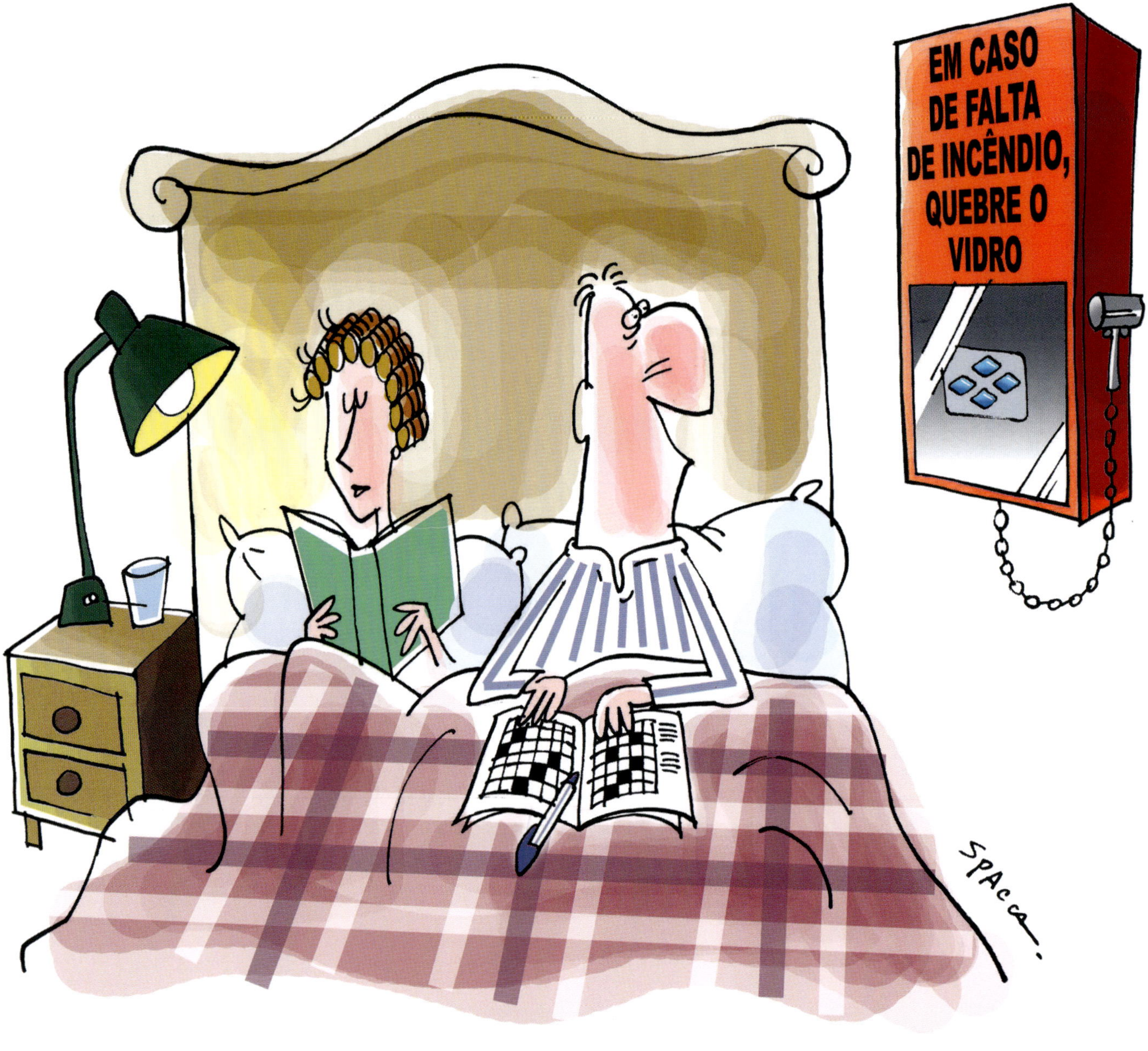
EM CASO
DE FALTA
DE INCÊNDIO,
QUEBRE O
VIDRO
SPACCA

CAPÍTULO.06

discutindo a relação ···▸

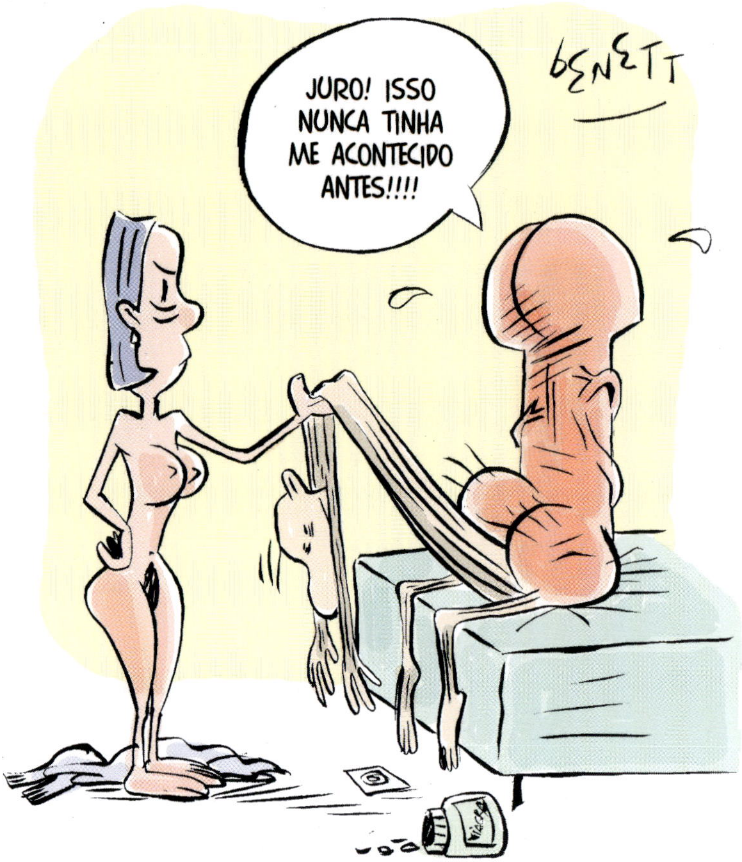
JURO! ISSO NUNCA TINHA ME ACONTECIDO ANTES!!!!
BENETT

A INSATISFAÇÃO FEMININA

Os brasileiros e brasileiras acham que o sexo é a garantia de harmonia na vida de um casal. Mas reconhecem que a satisfação com a vida sexual diminui conforme avança a idade. A queixa nesse sentido vêm principalmente das mulheres. Elas gostariam de transar mais. Não estão satisfeitas com a baixa freqüência das relações sexuais que vêm mantendo. A informação foi apurada em uma pesquisa sobre satisfação sexual de homens e mulheres dos 18 aos 65 anos, divulgada na revista ÉPOCA[1].

O dr. Sidney Glina, presidente da Sociedade Brasileira de Urologia, foi o responsável pelo levantamento, que ouviu 2.100 pessoas, 1.041 homens e 1.059 mulheres do país todo. A decepção feminina com a falta de correspondência dos parceiros acompanha a curva de idade. Até os 45 anos, 60% das pessoas entrevistadas, dos dois gêneros, consideram que a melhor fase da vida sexual é a atual. Após os 46 anos, a porcentagem cai para menos da metade e, no grupo entre 56 e 65 anos, é de apenas 28%.

Quando as respostas de cada um dos sexos aparece, as diferenças sobressaem. Enquanto 49% dos homens entre 45 e 56 anos consideram estar no melhor momento de sua vida sexual, a porcentagem de mulheres satisfeitas, da mesma faixa etária, é 38%. Acima dos 56 anos, apenas 23% das mulheres estão felizes sexualmente, contra 32% dos homens. "A ocorrência de problemas de ereção entre seus companheiros está diretamente relacionada à insatisfação feminina", afirma o dr. Sidney Glina.

"Dificuldade de ereção, ejaculação precoce, diminuição da libido, tudo triplica com o passar dos anos", dizia a reportagem O SEXO DEPOIS DOS 40[2] da revista VEJA, apoiada em pesquisa da Fundação Oswaldo Cruz de Salvador, feita com 1.082 homens entre 1998 e 1999, e que detectou algum grau de dificuldade de manter o pênis ereto na relação sexual em 40% dos entrevistados de 40 a 59 anos.

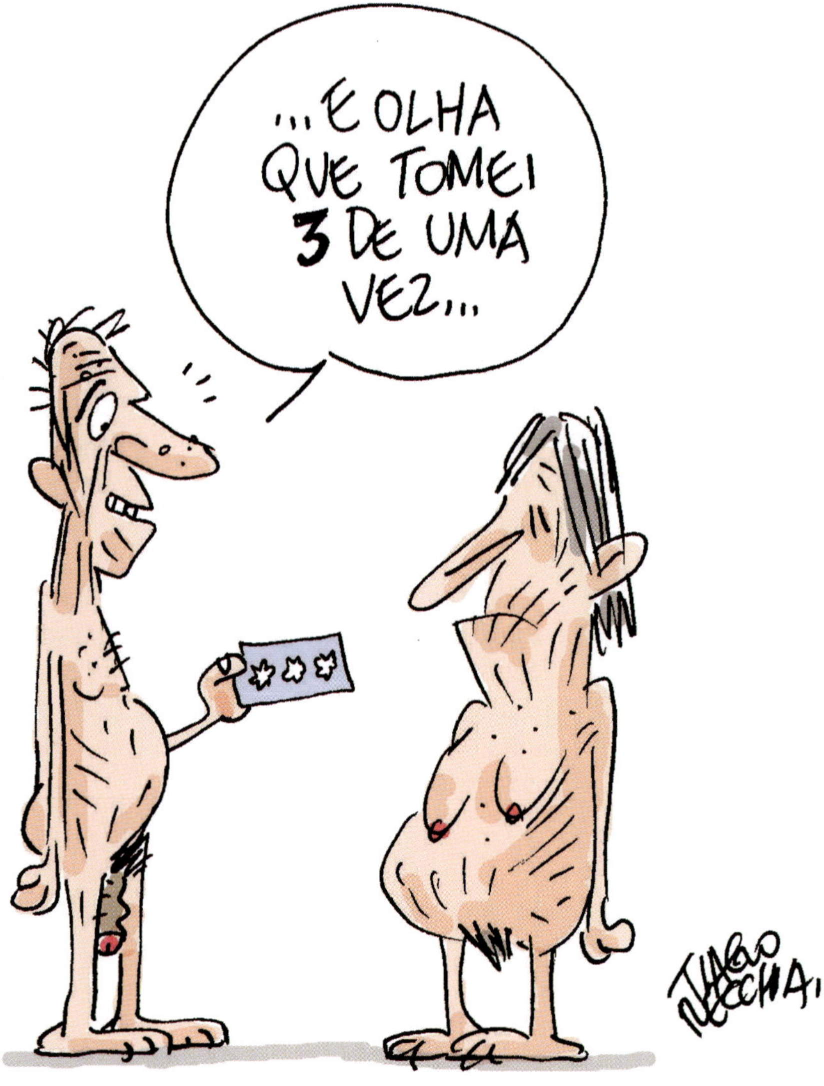
...E OLHA QUE TOMEI 3 DE UMA VEZ...
THIAGO RECCHIA.

A INCERTEZA DA EREÇÃO

A incidência da disfunção erétil no Brasil tem nuances. Os homens de meia idade não estariam broxando, assim, de uma forma geral e indiscriminada. "Eu costumo usar até uma regra que não falha", diz o médico mineiro Gerson Lopes, especializado em terapia sexual de casais. "Se o homem tem 48 anos, a disfunção erétil dele será 48%. O sujeito perde a ereção na hora da penetração. Ou ele entra e ejacula precocemente. Isso também é disfunção erétil."

A perda de vigor e os problemas vasculares que costumam acompanhar o envelhecimento não seriam sozinhos os principais responsáveis por esse estado incerto da ereção. "Qualquer problema que abale a autoconfiança do homem também pode levar à impotência", observou o urologista Celso Gromatzky, da Universidade de São Paulo (USP), em entrevista `a revista Veja[3].

De cada dez clientes que recebe em seu consultório, pelo menos seis tem disfunção erétil, afirma o sexólogo Gerson Lopes. "Se perguntamos a esse homem a que atribui o problema, ele dirá que é orgânica. Quase todos pensam assim." Sua experiência e vários estudos específicos vêm mostrando, porém, que 70% dos casos de falhas de ereção têm também algum componente psicológico. "Na raiz dos problemas responsáveis pela atual incidência de disfunção erétil estariam, por exemplo, falhas de comunicação entre os parceiros e um fator fortíssimo hoje em dia que é a ansiedade de desempenho, além de causas orgânicas", diz o sexólogo Lopes. Os urologistas concordam cada vez mais com a participação desse composto explosivo nas falhas de ereção, particularmente na meia idade, segundo o dr. Sidney Glina.

Os pais da terapia sexual William Masters e Virginia Johnson foram os primeiros a apontar a presença de causas mistas na origem da disfunção erétil, de qualquer grau. Eles achavam que o paciente, no caso de falhas de ereção, era quase sempre o casal.

VOU FILMAR A GENTE TRANSANDO!
PRA QUÊ? PRO FESTIVAL DO MINUTO?
ALLAN SIEBER

O CASAL NO DIVÃ

Na prática, Masters e Johnson implementaram em sua clínica de Saint Louis, no estado americano do Missouri, uma linha de psicoterapia sexual breve questionável e hoje completamente abandonada. Eles aceitavam a figura da parceira substituta. O indivíduo com problemas de disfunção erétil chegava em *Surrogates*, como se chamava a clínica, e se estivesse desacompanhado escolhia uma parceira num book que lhe era oferecido. Passava quinze dias com ela, em um hotel que ficava em frente a Surrogates. Fazia a terapia na clínica, durante o dia e, à noite, reunia-se com a parceira substituta para vivenciar a parte prática.

As terapias sexuais atuais só aceitam tratar o casal ou o indivíduo isolado. A parte prática do tratamento inclui os "exercícios para casa", como diz Gerson Lopes, uma série de jogos eróticos de sensibilização mútua que os dois devem praticar para ir descontraindo um com o outro e ganhando intimidade. Os procedimentos e objetivos desses exercícios são bem definidos. O casal deve se tocar, por exemplo, mas sem chegar perto dos genitais, no início. Num segundo momento, podem incluir o toque genital na brincadeira, mas sem penetração. E assim vai... O sexólogo é quem sugere os jogos e estabelece as regras. Qual a finalidade dos exercícios? "Cada um prestar atenção nas sensações do outro e dizer o que gosta e o que não, sem nenhuma ansiedade de performance", explica Gerson Lopes.

As terapias sexuais são em geral breves. Duram de quatro a oito meses. O sexólogo acrescenta que se o casal tiver conflitos profundos, não dará conta das tarefas e terá de ser encaminhado para a psicoterapia clássica, que como se sabe tem duração bem mais longa.

Os psicólogos clássicos não levam as terapias sexuais à sério, considerando que problemas sexuais são sintomas de vivências psíquicas reprimidas, uma questão mais profunda. "Estes pacientes não representam 10% da nossa clientela", diz Gerson Lopes. "A maioria dos problemas de disfunção erétil que aparecem no meu consultório tem na raiz problemas de ignorância sexual, crenças equivocadas, falhas de comunicação ou um componente de presença fortíssima hoje em dia que é a ansiedade de desempenho."

A FUNÇÃO SEXUAL

O casal americano de sexólogos Masters e Johnson errou na prática da parceira substituta mas deu um "furo" na história do conhecimento da sexualidade humana com o seu estudo Resposta Sexual Humana (1966)[4], em que descreve o ciclo de respostas sexuais do homem e da mulher. "Graças a eles pudemos finalmente compreender a função sexual como se compreendia então a função digestiva, a função locomotora, a função respiratória, a função renal", diz o sexólogo Gerson Lopes.

Ambos de fato surpreenderam o meio médico, na década de 60, com suas investigações sobre a atividade sexual e seus processos físicos. Foram eles, por exemplo, que identificaram as glândulas responsáveis pela lubrificação vaginal e sua exata localização; que descreveram o fenômeno do orgasmo múltiplo feminino; que definiram o período refratário do homem, que o impede de experimentar ejaculações sucessivas. Eles também teriam descoberto que os adultos mais velhos ainda faziam sexo. Muita gente não sabia disso na época, por incrível que pareça.

Confira a seguir, o passo-a-passo da FUNÇÃO SEXUAL de homens e mulheres, descrito por Willian Masters e Virginia Johnson[5] nos anos 60. O esquema foi baseado em mais de 10 mil episódios de atividades sexuais, relatados por 312 homens e 382 mulheres ao casal de terapeutas, em seus mínimos detalhes.

AS MUDANÇAS FÍSICAS NAS MULHERES		AS MUDANÇAS FÍSICAS NOS HOMENS
Nenhuma mudança física específica	◄••• FASE DO DESEJO •••►	Nenhuma mudança física específica
Início da lubrificação vaginal A cor da parede vaginal escurece Os lábios vaginais externos se expandem abrindo a vagina Os lábios internos entumescem e o clitóris aumenta O colo uterino e o útero sobem e os mamilos ficam eretos Os batimentos cardíacos aceleram e a pressão sangüínea sobe Aumenta a tensão neuromuscular geral	◄••• EXCITAÇÃO •••►	Início da ereção O escroto começa a intumescer, as dobras desaparecem Os testículos começam a subir Os mamilos podem tornar-ser eretos Os batimentos cardíacos aceleram-se e a pressão sangüínea sobe Aumenta a tensão neuromuscular geral
Lubrificação vaginal continua A plataforma orgásmica emerge na terça parte da vagina Os dois terços interiores da vagina expandem ainda mais O colo uterino e o útero sobem mais um pouco Os lábios vaginais entumescem mais e mudam de cor A respiração pode tornar-se mais curta e rápida Algumas mulheres contraem o ânus como estimulação	◄••• PLATÔ •••►	Aumenta a rigidez da ereção A glande aumenta um pouco Os testículos aumentam e são puxados para mais perto do corpo Os batimentos cardíacos aceleram e a pressão sangüínea sobe A respiração pode tornar-se mais curta e rápida Alguns homens contraem o ânus como uma técnica de estimulação
Início das contrações involuntárias na plataforma orgásmica Contrações involuntárias do esfíncter retal Batimentos cardíacos e pressão sangüínea chegam ao máximo Perda geral do controle muscular voluntário	◄••• ORGASMO •••►	Começa com fortes e rítmicas contrações involuntárias da próstata A ejaculação ocorre logo depois do início das contrações da próstata Os testículos são puxados firmemente contra o corpo O rubor sexual atinge seu ponto máximo e se espalha Os batimentos cardíacos e a pressão sangüínea chegam ao máximo Perda geral do controle muscular voluntário
O clitóris retoma sua posição normal após o orgasmo A plataforma orgásmica desaparece Os lábios vaginais voltam `a espessura, posição e cor normais A vagina recupera tamanho e cor em 10 a 15 minutos O útero e o colo do uterino descem Os batimentos cardíacos e pressão sangüínea voltam ao normal Comumente há uma sensação geral de relaxamento	◄••• RESOLUÇÃO •••►	Perda da ereção do pênis, com retorno lento ao tamanho normal O escroto relaxa e reaparecem as dobras escrotais Inicia o período refratário em que não é possível nova ejaculação Os batimentos cardíacos e a pressão sangüínea voltam ao normal Sensação geral de relaxamento

VIAGRA, SEXO E ROCK AND ROLL

crônica / SILVIA CAMPOLIM

Resolvi experimentar o Viagra antes de terminar os capítulos de verbetes que compõe este livro. Achei que era o caso. Todos os meus amigos tomavam, ao menos uma vez ou outra, afinal. Só para experimentar, claro!

- Não é todo macho que topa sair por aí dizendo que toma Viagra, principalmente para as mulheres, me diria o compadre Ricardo Carvalho.
- E sabe por que, Silvinha?

Ele me chama assim, me conheceu com 18 anos. Fizemos jornalismo e ciências sociais, juntos.

Eu já sabia a resposta:

- As mulheres podem pensar que o homem delas ficou excitado por causa do Viagra... não por elas!

Realmente, são poucos os homens que abrem o jogo com a parceira, segundo as pesquisas. Muito poucos.

LC achou engraçado servir de cobaia. Ele não conhecia o Viagra, mas estava acompanhando com interesse, e algumas sugestões importantes, a escrita desse livro, desde o início. Completamente envolvido.

Tomou o Viagra entre um drink e outro de *Black and White*. Deixou o terceiro uísque como sempre pela metade. Álcool e Viagra combinariam?

- Os homens interessados na satisfação da parceira tomam álcool, um drink ou outro, para namorar. Ajuda a prolongar a ereção, me explicou LC. Todos os meus amigos que tomam Viagra, de vez em quando, bebem um drink ou outro, confirmou o Ricardo Carvalho.

Achei melhor pesquisar.

Segundo os estudos científicos[6], o consumo de álcool em doses moderadas não potencializa o efeito vasodilatador do Viagra. A ingestão de muita gordura na refeição não é recomendável, porque retarda o efeito das substâncias inibidoras da PDE-5, como dizem os cientistas e médicos. Comer um rodízio antes de ir para o motel está fora de cogitação, no caso. Beber muito para namorar é absolutamente contra-indicado, independente do Viagra. Namorados ébrios costumam fazê-las "broxar".

O tema do afeto e da relação amorosa é valorizado pelas mulheres, em todas as pesquisas feitas sobre o sexo, depois do advento do Viagra. O sexo casual, sem amor mas prazeroso faz bem pra pele, elas chegam a dizer. Mas fazer amor é mais gostoso.

A expressão "fazer amor" foi cunhada nos anos 60, sob a égide da liberdade dos costumes, inclusive sexuais. Tempo dos beatles e do rock and roll. "Quando penso em revolução, penso em fazer amor", era uma das inscrições nos muros de Paris, em pleno maio de 68.

Para os homens, o Viagra é realmente uma revolução.

*Silvia Campolim é jornalista e escritora. Publicou "Enquanto as mulheres mandam os homens fazem o que tem vontade" em co-autoria com Luis Tenório de O. Lima e "Folha explica a Menopausa". É editora dos sites "Menopausa - o guia de saúde da mulher madura" e "Assunto de Mulher" do Canal Corpo&Saúde do portal UOL.

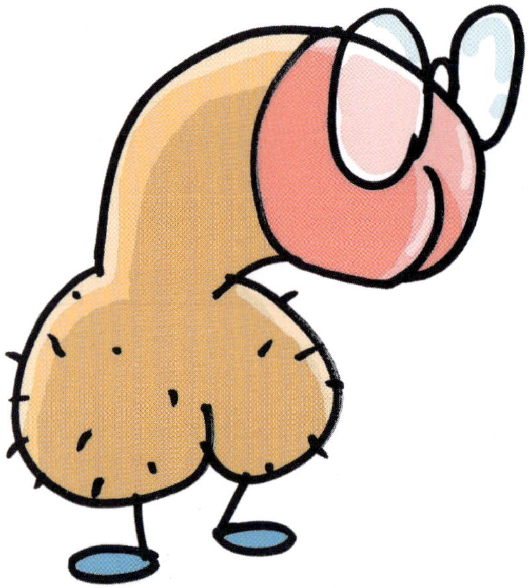

os cartunistas

Adão Iturrusgarai, Cachoeira do Sul - RS, 1965
Publica nos jornais Folha de São Paulo, JBrasil, Tribuna do Norte (RN), Diário de Pernambuco e Correio da Manhã (Portugal).

Alcy, Nogueira - SP, 1943
Ilustrador e autor de livros infantis.

Allan Sieber, Porto Alegre - RS, 1972
Publica na Folha de São Paulo, revista Trip e Sexy. É editor da revista F.

Angeli, São Paulo - SP, 1956
Publica na Folha de S. Paulo.

Arnaldo Branco, Rio de Janeiro - RJ, 1972
Publica no Diário da Manhã de Goiânia e na Bizz. É editor da revista F.

Benett, Ponta Grossa - PR, 1974
Publica na Gazeta do Povo; de Curitiba.

Camila Sampaio, São Paulo - SP, 1975
Publica seus desenhos na revista Smack, e outras.

Custódio, São Paulo - SP, 1967
Distribui suas charges por meio da Agência Estado, de São Paulo.

Fernando Gonsales, São Paulo - SP, 1961
Publica na Folha de São Paulo e Jornal do Brasil e livros.

Flávio, Rio de Janeiro - RJ, 1959
Publica nos diários O Sul (RS) e A Crítica (AM). É editor da revista virtual Cortante.

Glauco, Jandaia do Sul - PR, 1957
Publica sua tiras na Folha de São Paulo.

Guto Lacaz, São Paulo - SP, 1948
Arquiteto e designer. Tem trabalhos publicados na revista Veja, Playboy, Caros Amigos.

Jean, Cruzeiro - SP, 1972
Publica na Folha de São Paulo, revista Recreio e Jornal do Brasil.

JotaA, de Coelho Neto - MA, 1969
Publica no jornal O Dia (PI).

Junião, Campinas - SP, 1971
Publica no Diário do Povo (Campinas) e revista Superinteressante.

Leonardo, Recreio - MG, 1973
Chargista diário do jornal Extra (RJ). Editor da revista F.

Mariza Dias Costa, Cidade da Guatemala, 1952
Publica na Folha de São Paulo.

Orlando Pedroso, São Paulo - SP, 1959
Publica na Folha de São Paulo, revista Veja e outros.

Rafael Sica, Pelotas - RS, 1980
Publica na Folha de São Paulo.

Roberto Negreiros, São Paulo - SP, 1954
Publica na revista Veja, Playboy, entre outras.

Spacca, São Paulo - SP, 1964
Publica na Folha de São Paulo e Observatório da Imprensa, de São Paulo.

Tiago Recchia, Tubarão - SC; 1963
Publica na Gazeta do Povo; de Curitiba.

notas bibliográficas

CAPÍTULO.01..**A EREÇÃO**

(1) David M. Friedman. *Uma Mente Própria (A História Cultural do Pênis)*. Objetiva, RJ, 2001. O autor é um dos mais respeitados jornalistas dos Estados Unidos, colaborador regular de Revistas como Esquire, GQ, Vogue e Rolling Stones. **(2)**Alfred Kinsey publica, em 1948, o livro *Comportamento Sexual do Homem* e, em 1953, *Comportamento Sexual da Mulher*. Suas pesquisas causaram grande impacto não só nos Estados Unidos como em todo o mundo. **(3)**Robert Latou Dickinson. *Atlas of Human Sex Anatomy*. The Williams and Wilkins Company - Baltimore, 1949. **(4)**Margaret Mead. *Coming of Age in Samoa*. A Psychological Study of Primitive Youth for Western Civilization, 1928. **(5)**Bayard Fischer Santos. *A Medida do Homem, Mitos & Verdades*. Imprensa Livre Editora, RS, 2002. **(6)**Jared Diamond. *Por que o sexo é divertido?*. Editora Rocco, RJ, 2001. É também autor do livro *The Third Chimpanzee* que conquistou o Los Angeles Times Book Prize. **(7)**Professor Sir Ronald Aylmer Fisher (1890-1962). Geneticista e biólogo evolucionista, considerado em sua época um dos sucessores de Darwin. É apontado como o responsável pelas fundações da moderna ciência estatística. **(8)**Amotz Zahavi. *Mate selection - a selection for a handicap*. Journal of Theoretical Biology. 53: 205-214 (1975) e *The cost of honesty*, Journal of Theoretical Biology. 67: 603-605 (1977). **(9)**Astrid Kodric-Brown e James Brown, pesquisadores da Universidade do Novo México.

CAPÍTULO.02..**A IMPOTÊNCIA**

(1) Da Vinci surpreende os urologistas modernos até hoje com seus desenhos do epidídimo (a estrutura em forma oblonga, adjacente a cada testículo, onde ocorre a maturação final dos gametas masculinos), bem como com a descrição do famoso canal deferente, o tubo reto que transporta o fluido seminal até a bexiga para ser emitido pela uretra (ver *Uma Mente Própria*, de David Friedman, pg 57). **(2)**William H. Masters e Virginia E. Johnson tinham publicado dois anos antes, em 1966, seu famoso estudo *A Conduta Sexual Humana*, uma das primeiras obras a tratar cientificamente de questões afetas à função sexual de homens e mulheres, um tema até então considerado tabu. **(3)**Em um ensaio intitulado Leonardo da Vinci e uma lembrança da sua infância, publicado em 1910, Freud discorre longamente sobre a vida emotiva do gênio renascentista, desde os primeiros anos, tratando do seu conflito entre os impulsos artísticos e científicos e sobre sua história psicossexual, que inspira sua descrição da gênese de um tipo especial de homossexualidade. **(4)***O Decretum de Gratian* foi obra de Johannes Gratian, italiano da Toscana e monge beneditino considerado um dos responsáveis pela sistematização das leis canônicas. Embora não fosse um documento oficial da Igreja, o *Decretum* era ensinado nas universidades medievais e respeitado pelos estudiosos de teologia dessa época. **(5)***The evalution of impotence by sexual congress and alternatives thereto in divorce proceedings*, de Thomas G. Benedek e Janet Kubinec, publicado no jornal Transactions and Studies of the College of Physicians of Philadelphia, vol 4 (1982). **(6)**Psicogênico quer dizer relativo ou próprio de fenômenos somáticos com origem psíquica (dicionário Houaiss). **(7)**Carmita Abdo. *O Descobrimento Sexual do Brasil* para curiosos e estudiosos. Summus Editorial, SP - 2004. **(8)**Endocrine Reviews 22 (3): 342-388, 2001 - The Endocrine Society. **(9)**The Journal of Urology: Volume 163(2) February 2000 p 460 - INCIDENCE OF ERECTILE DYSFUNCTION IN MEN 40 TO 69 YEARS OLD: LONGITUDINAL RESULTS FROM THE MASSACHUSETTS MALE AGING STUDY; JOHANNES, CATHERINE B.; ARAUJO, ANDRE B.; FELDMAN, HENRY A.; DERBY, CAROL A.; KLEINMAN, KEN P.; KINLAY, JOHN B. Mc.

CAPÍTULO.03..**O PÊNIS SOB ESCRUTÍNIO**

(1) Gay Talese. *A mulher do próximo*. Companhia das Letras, SP, 2002. **(2)**D. H. Lawrence. *O Amante de Lady Chatterley*. Ediouro, RJ, 2001. **(3)** David M. Friedman. *Uma Mente Própria*. Objetiva, RJ, 2001. **(4)**Robert F. Furchgott, Louis J. Ignarro e Ferid Murad. Urologistas americanos que estabeleceram o papel do óxido nítrico no relaxamento das células do músculo liso no sitema vascular. Premiados com o Nobel de Medicina de 1998.

CAPÍTULO.04...**O SEXO DEPOIS DO VIAGRA I**

(1)*Orgasmo a qualquer custo*. Revista da Folha (17/05/98). **(2)**Juliane Zaché. *A farra do Viagra*. Revista Isto É. Editora Três. **(3)**Revista Época (07/2005). Editora Globo. **(4)**Paula Neiva. *Insegurança na Hora H* (20/07/2005). Editora Abril. **(5)**Arnold Melman. *Impotence in the age of Viagra*. ibooks, Inc. Pub, 2002.

CAPÍTULO.05..**O SEXO DEPOIS DO VIAGRA II**

(1)www.medline.com. **(2)**Dados extraídos do livro de Carmita Abdo. *O Descobrimento Sexual do Brasil* para curiosos e estudiosos. Summus Editorial, SP, 2004. **(3)**Aida Veiga. *O sexo depois dos 40*. Revista Veja, 20/05/2000. Editora Abril.

CAPÍTULO.06..**DISCUTINDO A RELAÇÃO**

(1) Aida Veiga. *Felizes na cama*. Revista Época, 12/09/2005. **(2)**Aida Veiga. *O sexo depois dos 40*. Revista Veja, 20/05/2000. **(3)**Revista Veja, 20/05/2000. **(4)**Masters; W.H. & Johnson, V.E. *A Inadequação Sexual Humana*. SP, Roca, 1985.**(5)**William H. Masters, Virgínia E. Johnson, Robert C. Kolodny. *Heterossexualidade*. Rio de Janeiro: Bertrand Brasil, 1997. **(6)**Setter SM, Iltz JL, Fincham JE, Campbell RK, Baker DE. *Phosphodiesterase 5 inhibitors for erectile dysfunction*. Ann Pharmacother. 2005 Jul;39(7):1286-95. Leslie SJ, Atkins G., Oliver JJ., Webb DJ. *No adverse hemodynamic interaction between sildenafil and red wine*. Clin Pharmacol Ther. 2004;76(4):365-70.

DADOS INTERNACIONAIS DE CATALOGAÇÃO NA PUBLICAÇÃO [CIP]
[CÂMARA BRASILEIRA DO LIVRO, SP, BRASIL]

O Sexo depois do Viagra / Silvia Campolim;
Texto [Silvia Campolim]; Crônicas [Arnaldo Antunes, Antônio Prata, Reinaldo Moraes, Sidney Glina, Mario Prata, Matthew Shirts, Ruy Castro, Anna Veronica Mautner, Grelo Falante]; Cartuns [Adão Iturrusgarai, Alcy, Allan Sieber, Angeli, Arnaldo Branco, Benett, Camila Sampaio, Custódio, Fernando Gonsales, Flávio, Glauco, Guto Lacaz, Jean, JotaA, Junião, Leonardo, Mariza Dias Costa, Orlando Pedroso, Rafael Sica, Roberto Negreiros, Spacca, Tiago Recchia]. --
São Paulo : Prestígio, 2005.

ISBN 85-99170-56-2

1. Pênis. 2. Sexo 3. Viagra [Marca Registrada]
I.Silvia Campolim II.Arnaldo Antunes III.Antônio Prata IV.Reinaldo Moraes V.Sidney Glina VI.Mario Prata VII.Matthew Shirts VIII.Ruy Castro IX.Anna Veronica Mautner X.Grelo Falante

05-8687   CDD-613.95

ÍNDICES PARA CATÁLOGO SISTEMÁTICO
1. Ereção : Sexo : Promoção da saúde 613.95

Título original "O Sexo depois do Viagra"
Texto
Silvia Campolim

Editor
Pedro Almeida

Direção de arte
Fernanda Botter

Assistente de direção de arte
Lucas Shirts

Pesquisa e revisão
Carla Caruso

Ilustração da capa e vinhetas
Orlando Pedroso

Arte-finalização
Fernanda Botter

© Copyright 2005, Ediouro Publicações.
Direitos desta edição pertencem à Ediouro Publicações S.A.
Publicado por Prestígio Editorial.

Prestígio editorial

A Prestígio Editorial é uma divisão da editora Relume
e integra o grupo editorial Ediouro.
Rua Nova Jerusalém, 345 - CEP.21042.230 - Rio de Janeiro - RJ
tel.fax.:[21] 3882.8200 / 3882.8212/8313
e.mail: editorialsp@ediouro.com.br; vendas@ediouro.com.br
internet: www.ediouro.com.br/prestigio